사랑은 마음이야
-그건, 진심이었어-

사랑은 마음이야
-그건, 진심이었어-

지 은 이 | 허여경
초판인쇄 | 2025년 7월 18일
초판발행 | 2025년 7월 25일

펴 낸 곳 | 다솜미디어
펴 낸 이 | 박미옥
편집 디자인 | 허여경

주　　소 | 서울 중구 충무로 5길 502호
전　　화 | 02) 2269-9885
모 바 일 | 010-2749-2485
E-mail　 | ample2485@naver.com

ISBN : 979-11-987082-6-7
정 가 :　20,000 원

※ 무단전재와 복제를 금하며 잘못된 책은 교환해 드립니다.
※ 저자와 협의로 인지는 생략합니다.
　(이 책은 예술인복지재단 창작지원금 일부를 지원받아 제작하였습니다.)

사랑은 마음이야
-그건, 진심이었어-

허여경 장편소설

◆ 책을 내면서

 이 소설은 유국치 선생님의 시나리오에서 시작되었습니다. 늦은 나이에 마주한 첫사랑, 세월에 닳은 마음과 여전히 아물지 않은 감정들. 노년에도 사랑은 시작될 수 있을까?

 이 글은 중년 이후에도 사랑이 다시 피어나는 순간이 존재한다는 것을 보여줍니다. 가족, 과거, 책임, 후회, 용서 그 모든 것을 넘어 마주 앉은 두 사람의 이야기이자 우리 모두의 이야기입니다.

 유국치 선생님은 등장인물을 그려주셨고 저는 소설로 풀어보았습니다. 글을 쓰면서 잊은 줄 알았던 감정이 다시 살아났습니다.

첫사랑이 내 앞에 나타난다면?

사랑은 누군가의 마음을 '살며시 어루만져 주기를 바라며' 이 책을 내놓습니다.

시나리오와 가사, 악보를 써주신 유국치 선생님께 깊은 감사의 인사를 드립니다.

25년 07월 **허여경**

| 차례 |

◆ 책을 내면서

1. 봄날의 기억 • 09
2. 기억의 선율 • 23
3. 운명의 재회 • 61
4. 가족이라는 그림자 • 155
5. 사랑의 선택 • 185
6. 자녀들의 선물 • 211

1장 봄날의 기억

눈빛 하나가 마음속 계절을 바꿔놓았다.

1장 봄날의 기억

"아침에 꽃이 피었네. 어제까지는 못 보았는데…."
라미는 화분에 물을 주며 혼잣말했다.
"인연이 아니었을까."
꽃을 살펴보다가 마음속에 품고 있는 이름을 떠올렸다. 말이 적었지만, 눈빛이 강렬했던 준호, 뚜렷한 얼굴선에 눈매는 날카로운 집중력으로 정면을 응시할 땐 상대가 사뭇 긴장할 정도였다. 높은 콧대에 가늘고 선명한 입술은 평소에 굳게 다물고 있지만 웃을 때 입꼬리가 살짝 올라가면 장난스러운 느낌을 주었다.
출근길, 그가 다가와 말을 건넸다.
"오늘은 내가 먼저 인사할게요. 다음부터 먼저 인사하세요."
"뭐라고요?"

그날 이후 어떤 말로 시작해야 할지 몰랐다.
"이상하지. 내 마음도 꽃처럼 피어나는 느낌이야."
손끝으로 꽃을 만지며 말했다.
"그 사람이 웃을 때 눈이 반쯤 감기던 모습이 생각나. 오늘은 그 사람도 나를 한 번쯤 떠올려 주었으면 좋겠다."
봄바람이 머물던 시절 라미는 긴 생머리를 어깨에 찰랑이며 햇빛 아래 잘 익은 복숭아 같은 얼굴로 생기가 넘쳤다. 동그랗고 빛나는 눈은 감정을 잘 숨기지 못해서 마음이 움직일 때마다 눈빛이 달라졌다. 낮지도 높지도 않은 코에 코끝은 동글어서 귀여운 인상이었다.
나이가 들어도 얼굴은 부드러운 곡선으로 단아했다. 길게 뻗은 속눈썹 아래엔 감정을 고스란히 담은 짙은 갈색 눈동자가 어딘지 모르게 보는 이에게 편안한 감정을 느끼게 만드는 얼굴이었다.
"날, 좋아했을까?"
라미는 자신에게 묻듯 중얼거리며 커피포트에 물을 올렸다. 찻물이 끓자 뜨거운 김이 창가를 향해 피어오르다가 허공에 흩어졌다. 찻잔 하나와 여분의 찻잔을 꺼냈다.
그녀만의 작은 의식이랄까. 어느 오래된 찻집 주인에게 들은 이야기처럼. 사람이 오지 않아도, 비가 내려도 오늘 하루를 살아 있다는 것만으로도 차 한 잔 나눌 이유는 충분하다고.

  라미는 비가 오든, 마음이 흐리든 차를 준비했다. 아주 가끔 찻잔의 따스한 김 너머로 그의 얼굴이 어렴풋이 스쳐 지나갔다. 이제는 조용히 감사할 수 있는 기억이었다.

  아침에 혼자 마시는 커피는 예전처럼 쓰지 않았다. 혼자가 익숙한 쓸쓸함마저 따뜻함으로 녹여내는 중년의 나이에 접어들었지만, 여전히 눈빛에는 소녀 같은 순수함이 살아있었다.

  긴 머리는 자연스럽게 웨이브 져 있고 햇빛 아래에서는 은은한 갈색 빛이 감돌며 부드러운 인상을 더 했다. 웃을 때 양볼에 들어가는 보조개가 귀여웠다.

  찻잔을 내려놓고 창밖을 바라보다가 라일락 향 스며들 듯 30년 전 일기를 꺼냈다. 상처와 아픔을 곱게 갈무리한 채 마음속엔 깊은 감정과 사랑이 젖어 들었다.

1990. 05. 25
준호와 함께 한 시간이 왜 그렇게 짧게 느껴졌는지 모르겠다. 그의 손이 내 어깨에 닿을 때, 마치 시간이 멈춘 것 같았다. 세상은 멈추고 오직 그 순간만이 존재하는 것처럼.

  사랑이 무엇인지 잘 몰랐지만, 내 마음이 그에게 끌리고 있음을 알았다. 하지만 끝내 말할 수 없을 것 같다.

1991. 08. 05
최근 들어 준호와의 사이가 어색해졌다. 그의 눈빛이 예전처럼 분명하지 않았다. 어떤 날은 나를 피하는 듯한 느낌이 든다. 그의 마음이 나에게서 멀어져가는 이유가 나에게 있을지도 모른다.

1992. 12. 20
준호에게서 돌아서기로 결심했다. 그와 어긋나는 이유가 있다는 걸 알았다. 생각하면 마음이 아프지만 우리는 서로를 너무 의식했다. 내가 그를 이해하려 했던 것처럼 그도 나를 이해하려 했을 것이다. 그렇지만 서로에게 상처만 준 것 같다.

1993. 01 20
그와 함께한 시간이 영원할 줄 알았는데 한순간의 꿈이었다. 나만의 꿈이었을까? 그를 잊기 위해 방황했지만, 빈자리는 끝내 채워지지 않았다.

1993. 12. 08
그의 결혼 소식을 들었다.
우리가 다른 누군가와 결혼하면서 더 이상 서로의 삶에 존재하지 않겠지만 내 안에서 그를 잊는 것이 가능할 것인가.
 그는 내게 어떤 존재였을까?

 햇살이 거실 바닥에 내려앉았다. 펼쳐놓은 일기장을 덮었다. 라미는 천천히 찻잔을 들어 올렸다. 식어버린 커피는 향을 잃었다. 봄바람이 창틈으로 스며들어 커튼을 흔들었다. 바람은 오래된 기억이 되어 과거로 이끌었다.
 남편 민수와 헤어지고 혼자 살아가는 그녀에게 누군가는 외로울 거라 했지만 혼자인 것이 아니라 비워둔 거라고 말하며 웃었다. 일기장 속에 꽂아 두었던 낡은 사진 한 장을 손끝으로 훑었다. 사진 속 그는 변함없이 미소 지었다.
 "그때가 아마 스물두 살이었지."
 그리움과 용서가 끝나지 않은 이야기처럼 커튼이 조용히 펄럭였다. 햇살이 30년 전 짙은 주홍빛으로 변했다. 그녀는 살며시 눈을 감았다. 커튼은 여전히 살랑거렸다. 마치 끝나지 않은 그리움과 용서의 이야기처럼.

 세 명의 신입 사원 입사 서류를 복사하는 날 아침, 햇살이 창가를 부드럽게 어루만지고 라미는 사무실 복사기 앞에 섰다.

복사된 서류가 나오며 한 부씩 차례로 출력을 확인했는데 그중 한 명의 서류가 두 부씩 나와서 급하게 정지버튼을 눌러 보았지만 그대로 미끄러져 나왔다. 여분의 입사 서류를 들고 자리에 돌아왔다.

점심시간, 파란 하늘 아래 직원들이 배구 경기하는 수다스러운 소리 속에서도 고요함을 느꼈다. 손에 쥔 서류 한 장이 신경 쓰여 무심히 가방에 접어 넣었다.

집으로 돌아오는 길, 하늘이 보랏빛 노을로 곱게 물들었다. 라미는 복사해 온 서류를 꺼냈다. 인쇄된 남자의 사진 속에서 눈빛이 반짝였다. 눈썹 한 올, 눈꺼풀의 그늘까지 선명했다.

자기소개와 이력서를 읽으며 남자가 친근하게 느껴졌다. 마치 오래전부터 알고 있던 누군가가 다가오는 기분이랄까. 별 생각 없이 가져온 종이 한 장이 은은한 떨림을 타고 전신으로 퍼졌다.

다음 날 아침 출근 후 회의실 청소를 끝내고 옥상으로 나간 라미는 정문을 지나서 걸어오는 한 남자를 보았다. 바람과 햇살에 그녀 눈동자가 반짝였다.

준호는 사무실 문밖을 지나가다가 자신도 모르게 뒤돌아보았다. 잔잔한 미소를 머금은 입꼬리가 천천히 움직였다. 눈빛은 말갛고 어딘가 꿈을 꾸고 있는 사람처럼. 머릿결이 어깨 위로 부드럽게 흘러내리고 하얀 블라우스가 햇빛을 받아 눈부신 라미를 멍하니 바라보았다.

 준호는 아무 말도 하지 않았지만, 처음으로 누군가를 오래 바라보았다는 사실을 생각하며 돌아섰다.

 고요 속에 귀 기울이게 만드는 사람. '이 느낌은 뭐지?' 준호는 아무런 말이 오고 가지 않았음에도 마음을 쥐고 흔드는 라미가 계속 생각났다. 그녀가 사는 동네로 이사할 예정이었다.

 이사 온 첫날 동네 풍경을 천천히 걸어가며 살펴봤다. 한적한 골목길 사이로 햇볕은 따뜻하게 내려앉았다. 이전에 여러 도시에서 자취했지만, 이곳은 자연스럽게 스며드는 익숙한 느낌이었다.

 새로 이사한 원룸은 작고 아늑했다. 상자가 방 한쪽 구석에 쌓여 있었고 책상과 의자만이 놓인 텅 빈 방을 둘러보았다.

 "무엇부터 시작할까?"

 짐을 풀고 정리하고 나서 빈 상자를 들고 밖으로 나왔을 때 집 앞을 걸어가는 라미와 마주쳤다.

 "준호씨, 여기로 이사 왔나요?"

 라미가 조심스레 물었다.

 "네. 여긴 어쩐 일로."

"도서관에 다녀오는 길이에요."
그는 미소를 지으며 고개를 끄덕였다. 준호는 이사 온 첫날 라미와 마주쳤을 때 특별한 인연임을 직감했다.

"안녕하세요."
아침 출근길 라미는 준호에게 인사를 건넸다. 어색하게 눈이 마주쳤지만, 서로를 의식했다.
"안녕하세요."
준호는 부드러운 목소리로 화답했다.
점심시간이 되었을 때 라미는 사무실 앞 벤치에 혼자 앉아 책을 읽는 준호를 보았다. 그는 책에 깊게 몰두한 듯 보였지만 라미가 다가가자 고개를 들었다.
"책 재미있어요?"
"네, 좋아하는 책 있어요?"
준호는 미소를 지으며 물었다.
"저는 쓰는 걸 좋아해요. 일기 같은 거."
"일기?"
"그날 들었던 느낌을 써요. 쓰고 나면 마음이 정리돼서요."
"멋지네요."
"마음 정리하는 거죠."

"나도 써야겠어요."
 주고받는 말은 같은 취미를 공유하게 된 설렘으로 이어졌다. 라미는 문득문득 입사 서류 속 준호의 글씨를 떠올리며 운명처럼 다가온 인연에 두근거렸다. 한 장의 서류가 가져다준 특별한 시작은 복사기를 통해 전해진 작은 인연 조각 하나였을까.
 '오늘은 그가 책을 읽고 있었어.' 라미는 바람에 흔들리는 나뭇잎처럼 가슴 속에 감정의 물결이 일렁였다.

 준호는 평소보다 조금 늦게 집을 나섰다. 출근을 위해 같은 장소에서 버스를 타고 내리는 라미가 멀리서 뛰어오는 준호에게 소리쳤다.
 "빨리 오세요."
 준호는 대답 대신 손을 흔들어 보였다.
 "조금만 늦었으면 버스 놓칠 뻔했어요."
 "고마워요."
 같은 동네에 살고 있다는 것으로 자연스럽게 친해졌다.
 "준호씨 좋아해?"
 직장 동료 지은이 물었다.
 "아니."

라미는 놀라며 대답했다. 지은의 표정은 야릇했다.
"그럼, 헛소문?"
"같은 동네 사는 직원일 뿐이야."
준호와의 관계가 점점 더 특별해지고 있다는 사실을 라미도 받아들였다. 준호와 함께 퇴근할 때 라미 동창 민수가 다가와서 말을 걸었다.
"이 사람하고 자주 만나는 것 같아."
"같은 동네 살아."
얼굴이 붉어지며 라미가 대답했다. 민수 얼굴에 야릇함이 묻어나왔다.
"둘이 친해 보여."
준호도 주변 시선이 신경 쓰였다.
"사람들이 우리 사이를 잘못 생각하는 것 같아요."
그가 걱정이 담긴 목소리로 말했다.
"아무 사이 아니잖아요?"
라미는 불편한 마음을 숨기려고 애썼다.
"우리는 자연스럽게 지내는 것뿐인데…. 괜찮아요?"
"괜찮아요."
"사람들 시선을 의식할 필요 없어요."
"그래도 걱정되네요."

라미는 고개를 숙이며 말했다.

고등학교 2학년 때 라미는 친구가 엄마에 관해 물었을 때 아무 말도 하지 못했다. 거짓말도, 진실도.
집에선 향냄새가 났다. 엄마 방 창문 틈으로 마른 고사리 타는 연기가 섞여 들어왔다. 엄마는 종이를 불에 태우며 무언가 중얼거렸다. 읽을 줄 모르는 경전 속 '신의 말씀'이었다. 언젠가 큰 비닐 포대에 자기 교복을 구겨 넣고 어딘가에 숨겼었다.
"우리 딸은 장한 기운이 있어."
천신 명신을 숭배하는 엄마가 부끄러워 열일곱의 봄 족쇄처럼 옥죄었다. 라미는 감았던 눈을 떴다. 불안하고 좋지 않은 기운이 50대 후반 현재로 돌아오게 했다.
"그때, 그는 내 손을 꼭 잡아주었었지. 따뜻한 손등, 그 순간의 평온함. 모든 것이 나를 숨 쉬게 했었지."
탁자 위 식은 찻잔을 들어 올렸다. 차가운 커피가 입술에 닿자, 커피포트를 다시 작동시키며 뒷목을 살짝 매만졌다.
"이제 멈추지 말자."
따뜻한 머그잔을 두 손으로 감쌌다. 김이 피어오르듯 추억을 떠올렸다.

2장 기억의 선율

지나간 시간, 멜로디처럼 남은 마음

2장 기억의 선율

　라미가 자료를 정리하고 있을 때 준호가 선영과 웃으며 걸어오는 모습이 보였다. 선영은 준호 팔을 잡으며 웃었다. 라미는 무심한 척했지만, 마음은 무거워졌다.
　"오늘은 준호씨하고 저하고 둘이 점심 먹었어요."
　점심시간 사무실 복도에서 선영과 마주쳤을 때 선영이 말했다. 말투는 밝았지만, 비꼬는 듯 들렸다. 선영은 라미와 준호가 가까운 관계라는 사실을 불편해했다. 최근 회식에서도 직원들에게 귓속말로 나눈 말은 사람들 사이에 퍼져나갔다. 송 과장은 회식이 끝난 후 불렀다.
　"라미씨, 준호씨, 잠깐 얘기 좀 하자."
　사무적인 목소리였다. 송 과장은 라미와 준호가 함께 있는 모습을 이상하게 여겼다.

"두 사람 좋아해?"
"과장님, 무슨 말씀이죠?"
긴장한 듯 준호가 물었다.
"둘이 소문났어. 맞지?"
라미는 당황한 얼굴로 대답했다.
"저희는 동료로서 지내는 것뿐이에요."
송 과장은 의심의 눈초리를 거두지 않았다.
"다른 직원들이 불편한 얘기를 해."
준호는 당황한 표정을 지었다.
"아무 사이 아니에요."
송 과장은 한숨을 쉬었다.
"조심해라. 여긴 직장이야."

선영을 비롯한 몇몇 직원들의 시기와 질투를 받았다. 누군가 라미와 준호가 사적 관계를 맺고 있는 것처럼 소문을 퍼트렸다. 소문은 커졌고 사람들은 의심의 눈초리로 대했다. 회의실 안 분위기는 무거웠다.

"라미씨, 준호씨, 이번 프로젝트에서 각자의 역할을 나누어야 하는데 너희 둘은 함께 협업하는 게 좋겠냐?"

회의 중 송과장은 불편한 질문을 던졌다. 잠시 어색한 침묵이 흘렀고 다른 직원들은 반응을 살폈다.

"당연히 프로젝트는 각자 맡아서 해야 하지 않나요?"

준호가 조심스럽게 대답했다. 송 과장은 알아차린 표정을 지었다. 두 사람은 감정을 숨기며 조심스럽게 대했다. 그렇지만 마음속 깊은 곳에서 끓어오르는 감정을 누르지 못했다.

"준호씨, 서류 확인해 봤어요?"

송 과장 말에 준호는 정신을 차리고 빠르게 대답했다.

"네, 확인했습니다."

회의가 끝난 후 직원들은 자리를 떠나며 웃고 떠들었다.

"라미씨, 잠깐 얘기 좀 할까요?"

준호는 어색하게 말을 꺼냈다. 라미는 놀란 표정으로 준호를 보았다.

"네, 무슨 일이에요?"

준호는 머뭇거리며 말을 이었다.

"오늘 회의에서 말 나온 거 확인하려고요."

그 순간 직원들이 지나가면서 라미와 준호를 힐끗 보았다. 준호는 미묘한 긴장감을 느꼈다.

"나중에 얘기할까요?"

라미 말에 준호는 고개를 끄덕였다.

직원들이 모두 퇴근한 후 준호는 사무실에서 멍하니 앉아 있었다.
"왜 이렇게 어려운 거지."
혼잣말하며 한숨지을 때 선영이 다가오며 말했다.
"혼자서 뭐해. 바람 쐬러 같이 나가자."
옥상으로 올라간 두 사람은 회색빛 하늘 아래 섰다. 바람이 무겁게 불었다. 바람에 머리카락이 흩날리자, 선영은 귀 뒤로 짧은 파마 머리카락을 꽂았다.
"요즘, 왜 그렇게 심각해? 얼굴에 쓰여 있어."
선영은 준호를 쳐다보았다.
"그냥 좀 생각이 많아서."
준호는 웃으며 고개를 저었다. 한 손으로 난간을 잡는 선영의 손가락이 떨렸다.
"나, 준호씨 좋아해. 처음 입사 동기로 만났을 때부터 이상하게 끌려."
준호는 순간 말을 잃었다. 선영의 목소리는 평소보다 낮고 조용했지만 깊은 울림으로 다가왔다.
"처음엔 그냥 동기라서 그런 줄 알았는데."
준호는 조용히 숨을 들이켰다.
"미안해."
"나 기다릴게."

준호는 직장 내에서 다른 사람들의 시선이 의식되었다. 이대로 거리를 두고 계속 억누를 수 있을까? 감정을 표현하는 것이 올바른 선택일까? 자신이 잘못된 선택을 하지 않기를 바랐다.

점심시간 휴게실에서 선영은 라미에게 다가와 말을 건넸다.
"라미씨, 이번 주말 시간 어때요?"
"갑자기 무슨 일이에요?"
"디자인실 최 언니가 할 말이 있다고 하더라고요. 괜찮은 사람 소개해 주려나 봐요."
라미는 잠시 망설였다. 요즘 선영의 말 한마디 한마디가 마음에 걸렸지만, 무심이 넘기기엔 궁금한 것이 많았다.
"난, 아직…."
"한 번만 만나봐요. 부담 갖지 말고."
선영은 웃으며 종이컵을 빙글빙글 돌렸다.
"요즘 좀 지쳐 보이네요. 그럴 땐 누군가에게 털어놓고 그러면 기분 전환되잖아요. 그냥 커피 한잔하는 거지 뭐."
거절이 받아들여지지 않는 선영은 어딘가에 말을 해 놓은 눈치였다.
그날 저녁 어쩌다 나온 자리였지만 라미는 내내 마음이 불편했다. 반신반의한 마음으로 최 언니를 만났다. 그 자리에 함께 나와 있던 남자가 양복을 말쑥하게 차려입고 있었지만, 자만심이 느껴지는 모습이었다. 더 이상한 건 최 언니가 자리를 비운 사이 남자가 무심한 듯 묻는 말이었다.
"라미씨, 이야기 많이 들었어요."
라미는 쓴웃음을 지었다. 남자의 말투가 어딘가 불편했다. 그렇지만 어색한 분위기를 숨기려 애썼다. 남자는 라미에게 계속 말을 붙였다.
"회사에 준호라는 사람하고 아무 사이 아니죠?"
라미는 순간 얼어붙었다. 어떻게 그의 이름을 아는지 놀라웠다. 집으로 돌아오는 길에 마음이 무거웠다.
다음 날 아침 선영이 다가와 라미의 어깨에 손을 얹었다.
"주말 어땠어요? 소개팅 잘됐어요?"
선영은 일부러 크게 말했다. 맞은편에 준호가 아무 말 없이 앉아 있었다. 라미는 그제야 알 수 있었다. 선영의 말 한마디와 미소가 정교하게 설계되었다는 것을.

퇴근길, 라미는 회사 앞에서 기다리고 있던 한 남자와 눈이 마주쳤다. 어제 소개팅 자리에서 봤던 남자였다. 라미는 놀란 얼굴로 멈추어 섰다.

"어, 여기까지?"
"어떻게든 다시 보고 싶었어요."
그는 웃으며 다가왔지만, 눈빛에 다급함이 묻어 나왔다.
"연락처도 안 주고 그냥 가버리니까 너무 서운했어요."
라미는 애써 미소를 지었다.
"그런 자리가 좀 어색해서요."
"오늘은 내가 적극적으로 나서보려고요."
한 걸음 다가오며 라미의 팔을 잡았다.
"근처에 괜찮은 데 있는데 같이 가요."
라미는 몸을 피하며 말했다.
"지금은 좀."
그는 물러서지 않았다.
"왜요?"
그때 누군가 다가오는 발소리가 들렸다.
"괜찮아요?"
경비를 보며 남자가 눈살을 찌푸렸다.
"이만 가주시죠."
라미는 경비 뒤로 몸을 숨겼다.

비 오는 토요일 오후 라미는 집에서 봄비 내리는 소리와 라디오에서 흘러나오는 잔잔한 음악을 들을 때 초인종 소리가 울렸다. 현관문을 연 것은 라미엄마였다.

"누구시우."

문 앞에 서 있는 남자는 빗속에 긴장한 얼굴이었다.

"안녕하세요. 강석이라고 합니다. 라미씨와 소개로 만났고요."

그는 깍듯하게 허리를 숙였다.

"정식으로 인사드리러 왔습니다."

엄마는 고개를 갸웃했다.

"혹시?"

안에서 라미 목소리가 들렸다.

"누구예요?"

라미는 문 앞의 사람을 보는 순간 발이 굳었다.

"어떻게 여길."

"라미씨."

호탕하게 그가 웃으며 말했다.

"내가 얼마나 진심인지 보여주고 싶었어요."

라미는 당황해 뒷걸음질 쳤다.

"제발, 이러지 말아요."

그는 멈추지 않았다.

"제가 부족한 거 있으면 다 고칠게요."
"젊은 양반이 겁도 없이."
엄마 말에 남자는 입술을 꽉 깨물며 고개를 떨구었다가 다시 들었다.
"진심은 언젠가 닿을 거라고 믿고 있어요."
돌아서는 남자의 뒷모습이 비에 젖어 무거워 보였다. 라미는 외면한 채 안으로 들어가 문을 닫았다.

며칠 후 사무실에 어색한 기류가 흘렀다. 준호는 라미를 힐끔힐끔 쳐다보았지만, 말 한마디 건네지 못했다. 차가운 공기가 두 사람 사이를 가로막았다.
"준호씨, 이것 좀 봐."
선영은 준호에게 다가가 휴대전화 화면을 내밀었다.
"라미씨가 요즘 들떠 있더라고."
준호는 말없이 휴대전화를 바라보다가 입술을 꾹 다물었다.
"준호씨만 모르네."
선영의 말은 날카로운 바늘처럼 꽂혔다. 한편, 라미는 지은에게 불려 나갔다.
"너 정말 무섭다. 준호씨를 그렇게 좋아하더니 결국 다른 남자랑 만나는 거야?"

"그런 적 없어."

"너 혼자 아닌 척하지 마."

라미는 충격에 말을 잇지 못했다. 그날 이후 알 수 없는 오해와 보이지 않는 진실은 점점 멀어졌다.

"왜 이렇게 멀게 느껴지지?"

라미는 혼잣말했다. 준호가 조심스러워하는 모습이 거리감을 느끼게 하고 다가오지 않으려는 신호처럼 보였다. 그의 행동은 무겁게 느껴졌고 조금씩 거리감을 느꼈다.

준호 마음을 알 수 없었다. 디자인실 선영은 준호에게 과한 웃음 지었고 그는 당황한 듯 어색한 표정으로 응대했다. 시간이 지날수록 선영의 눈빛과 웃음이 교묘했다. 라미는 알 수 없는 감정이 커지며 마음속에서 질투의 불씨가 싹텄다. '혹시, 준호씨도 선영에게 관심 있는 건 아닐까?' 그가 다른 여자에게 관심을 보이는 것이 자신에게 영향을 준다는 사실에 놀라웠다.

다음 날 아침 라미는 준호에게 다가갔다.

"잠깐 얘기할 수 있을까요?"

라미는 긴장된 목소리로 말했다.

"무슨 일이죠?"

준호는 놀란 듯 라미를 보았다.
"선영씨와 얘기하는 거 봤어요."
"그래요."
"왜 그래요?"
라미는 강하게 말했다. 마음속에서 터져 나오는 질투를 느꼈다. 준호는 당황한 얼굴로 말했다.
"그게 아니라."
"저 보라고 하는 거예요?"
"무슨 일 있어요?"
선영이 다가오며 물었다. 선영에게 대꾸하지 않고 라미는 준호에게 쏘아붙였다.
"대답하세요."
"그만할까요?"
준호는 두 여자 사이에서 불편한 분위기를 느끼며 얼떨결에 대꾸했다. 선영은 그런 틈을 놓치지 않았다. 라미의 질투는 단순한 감정이 아니라 준호에게 진심으로 다가가는 불안한 반응이었다.

"라미씨, 잠깐 나랑 얘기 좀 할래요?"
점심시간 사무실 복도에서 선영이 다가왔다. 미소 띤 얼굴이었다. 아무도 없는 휴게실에서 선영은 문을 닫고 자리에 앉았다. 라미도 맞은편에 앉으며 긴장한 표정을 지었다.

"라미씨, 내가 이런 말 하는 거 미안하긴 한데, 말 안 하면 더 미안할 것 같아서."

라미는 말없이 고개를 끄덕였다.

"준호씨 말인데, 라미씨 안 좋아해."

라미는 얼굴이 화끈거렸다.

"나도 알아요. 라미씨가 준호씨 좋아하는 거. 근데 그 사람 정말 아무 감정 없어요."

선영은 두 손으로 머리를 쥐어 잡고 흔들더니 더욱 냉정한 목소리로 말했다.

"혼자 그렇게 바라보는 거 안쓰럽더라고요. 내가 만약 라미씨라면 벌써 그만뒀을 것에요. 그 시간에 나한테 마음 줄 사람 찾는 게 낫죠."

말투는 사실을 알려주는 것처럼 단호했다. 선영의 눈엔 얕은 연민과 비웃음이 감돌았다. 라미는 입술을 꾹 다물었다. 심장이 '쿵' 내려앉는 소리와 함께 실내 공기가 무겁게 가라앉았다.

"너무 상처받지 마요. 현실을 아는 게 나으니까."

선영은 가볍게 웃으며 자리에서 일어났다.

"좋은 사람 만나요."

선영이 문을 열고 나가고 라미는 자리에 앉아 멍하니 벽을 바라봤다. 눈앞이 흐려졌다. 말 한마디가 칼이 되어 가슴 깊이 꽂히며 아팠다.

사무실 복도 끝 휴게실 앞으로 준호가 다가와서 라미를 불렀다.
"라미씨, 잠깐만요."
라미는 고개를 천천히 돌렸고 준호의 눈을 마주 보았다. 그 눈동자 속엔 여전히 다정한 온기가 있었다. 라미는 마음속 파도를 꾹 눌렀다.
"아니요. 바빠요."
말투는 평소보다 한 톤 낮았고 끝은 차가웠다. 준호는 당황한 듯 고개를 갸웃했다.
"무슨 일 있어요?"
라미는 고개를 돌렸다.
"준호씨하고 나, 업무 말고 딱히 할 얘기가 없을 것 같아요."
라미는 차 준비실로 들어가 문을 '쾅' 닫았다. 애꿎은 커피포트를 바라보며 눈을 흘겼다.
"그래, 내가 바보야."

마음속 빈틈으로 들어온 준호의 따뜻함을 밀어냈다. 그리고 아무 일 없는 듯 평온한 얼굴을 하고 사무실에 들어갔다. 라미가 선택한 혼자의 소통이었다.

　같은 날 오후 준호는 사무실에서 라미의 자리를 몇 번이고 힐끔거렸다. 조금 전 들은 말이 머릿속에서 맴돌았다.
　"회사 사람이잖아요."
　라미의 말투는 다가오지 말라는 경고처럼 느껴졌다. 퇴근 무렵이었다.
　"라미씨."
　준호는 조심스레 불렀다.
　"늦었어요."
　라미는 멈칫하다가 이내 걸음을 옮겼다.
　"잠깐만요."
　준호는 앞을 가로막았다.
　"내가 뭐 잘못했어요?"
　라미는 그를 올려다보며 눈을 흘겼다. 그렇지만 흔들리는 감정을 억누르는 얼굴이었다.
　"준호씨는 좋은 사람이에요. 그래서 더 조심해야 해요. 나는 상처받기 딱 좋은 타입이니까요."

준호는 그 순간 빠르게 퍼즐이 맞춰지는 느낌이 들었다. 누군가가 그녀를 흔들어놨구나!

"무슨 일인지 말해줘요."

진심이 담긴 목소리였다. 하지만 라미는 고개를 저으며 말했다.

"아무 일 없어요."

준호의 가슴 한가운데가 서서히 저며 왔다. 몇 개월이 지나도록 라미는 거리감을 유지했다. 혼자 상처받았다는 말과 말투와 표정, 눈빛까지. 그리고 자신은 아무것도 몰랐다는 사실이었다.

준호는 편지를 써서 흰 봉투에 넣었다. 퇴근 시간 라미의 책상 서랍에 넣었다.

라미씨에게.

'회사 사람이잖아요.'

이 말이 계속 머릿속에서 떠나지 않아요.

'나만 착각했던 거예요.'

이 말 뒤에 숨어 있는 마음을 미처 몰랐어요. 저는 누가 뭐라 해도 라미씨를 소중하게 생각해요. 처음 보았을 때부터 내 안에서 감정이 강하게 작용해요. 이렇게 늦게 마음을 전하게 돼서 미안해요.

누가 뭐라 해도 라미씨 마음을 먼저 듣고 싶어요. 그냥 차 한 잔 마시는 사이가 아니라 서로를 믿고 웃어주는 사람이 되고 싶어요.

준호 드림.

라미는 책상 서랍을 열다가 흰 봉투를 발견하고 꺼낸 편지를 집으로 가져왔다. 편지를 읽는 내내 손끝은 미세하게 떨렸다. 문장을 따라갈수록 눈가가 젖었다. 그동안 혼자만의 착각이라고 생각했는데 편지 하나에 따뜻한 온기가 감돌 줄 몰랐다.

다음 날 오전 사무실은 평소보다 조용했다. 책상마다 낮은 속삭임이 오고 시선이 슬쩍슬쩍 라미를 향했다. 차가운 분위기를 감지했지만 무슨 일이 일어난 건지 알 수 없었다. 어제까지 따뜻했던 준호의 편지를 마음에 품고 있었기에 기분이 이상하다고 느끼지 않으려 애썼다.

점심시간이 끝나자, 인사팀에 불려 간 라미는 부르르 몸을 떨었다. 책상 위엔 익명으로 인쇄된 문서가 놓여 있었다. 내용은 충격적이었다. 인사과 직원이 말했다.

"라미씨 되게 단정해 보이던데?"

의외라는 표정으로 위아래를 훑으며 직원이 다시 말했다.

"박 부장님에게 비밀리에 접근해 이득을 취하려 했다는 보고가 있었습니다. 그리고 준호씨와 사적인 감정을 업무에 개입시켜 부당한 편의를 받았다는 말도 돌고 있어요."

라미는 순간 숨이 막히는 듯 목이 탔다.

"그게 무슨 말씀이세요?"

인사 담당자는 냉정한 표정이었다.

"당연히 조사는 하겠습니다. 누군가 일부러 꾸며 낸 거라면 그 사람도 책임을 지게 될 겁니다."

회의실을 나와 돌아온 자리에서 사람들이 자신을 피하는 시선을 확인했다. 누군가가 의도적으로 이 상황을 만든 것일까.

"라미씨, 나도 들었어요. 무슨 일이에요?"

며칠 후 준호도 소문을 듣고 급하게 다가왔다. 라미는 그를 바라보다 눈을 피했다.

"모르겠어요."

준호는 고개를 저었다.

"난 당신 편이에요."

라미는 머리를 천천히 흔들었다.

"나, 지금 너무 혼란스러워요."

준호는 라미의 먹먹한 얼굴이 계속 떠올랐다. 더 이상 조용히 있어서는 안 된다는 걸 깨달았다.

 사무실 불이 꺼지고 퇴근 시간이 한참 지났지만, 준호는 자리에 앉아 직원들 사이에 전달된 문서까지 꼼꼼히 확인했다. 누군가 남긴 흔적이 있을 거라고 믿었다. 두 시간이 지나 결정적인 단서 하나를 발견했다. 인사팀에 익명으로 제출된 문건의 초안이 회사 프린터 기록에 남아 있었다.

 다음 날 아침 준호는 인사팀을 찾아가 증거를 보고하기 전 선영을 불렀다. 평소와 다르지 않은 말투였지만 눈빛은 어딘가 무거웠다. 사람이 드문 휴게실에 앉자마자 단도직입적으로 말했다.
 "이상한 소문이 돌고 있어요. 그 얘기 시작한 사람 맞죠?"
 선영은 당황한 표정을 지으며 말했다.
 "그걸 왜 나라고 생각해?"
 "소문을 퍼트렸다는 말이 아니에요. 누가 시작했는지를 묻는 거예요. 소문은 누가 말하느냐보다 누가 만들었냐가 중요하니까요."
 "나 참, 준호씨 그러지 마."
 선영은 웃으며 가볍게 말했다. 그 웃음엔 서늘한 냉기가 서려 있었다.

"당신은 그 여자만 바라보잖아. 그래서 그랬어. 그 여자를 의심하게 만들고 그 여자 뒤에 그늘 하나 만들면 당신이 나를 바라볼 줄 알았지."

준호는 가슴 한쪽이 아렸다.

"그럴 필요까지 없었잖아. 사람 마음이 그런 식으로 얻어지는 건 아니야."

"나도 한 번 봐줘."

선영이 일어나며 휴게실 문 닫히는 소리가 났다. 자리에 남은 준호는 한참을 움직이지 않았다. 선영의 말이 가슴속에서 쿵쿵 울렸다. 그보다 더 깊은 자리에 라미 얼굴이 떠올랐다.

저녁이 되어 라미는 집으로 향했다. 반복되는 일상이지만 오늘은 다른 날처럼 느껴졌다.

"왔냐?"

문 앞에서 기다리고 있던 엄마는 라미를 보자마자 손목을 잡아끌었다.

"거기 앉아라. 오늘 천신 보살님 기운이 좋아."

향냄새와 어둑한 조명 아래 신당이 반짝였다. 라미는 숨을 참듯 자리에 앉았다.

천신 보살은 눈을 지그시 감았다가 뜨며 라미를 보며 말했다.

"요즘, 네 옆에 남자 있지?"

엄마가 천신 보살 말에 흠칫 반응했다.

"안돼. 사주가 너랑 안 맞아."

천신 보살이 거들었다.

"그 남자 집안은 물기운이 세. 너는 불이야. 불."

엄마는 벌떡 일어나더니 제단 앞에서 절을 올렸다.

"제발, 그만 좀 해."

라미는 차가운 눈빛으로 엄마를 노려보았다.

"넌, 내가 지켜야 해."

"또 시작이야?"

"내가 너 잘되라고 비는 거야. 인연 끊어."

"내 인생에 엄마 좀 뺐으면 좋겠어."

라미는 울먹이며 소리쳤다.

"그 사람은 날 무시하지 않았어. 처음이야, 그런 사람. 난 늘 억눌렸어. 엄마가 나를 가로막고 있잖아."

라미는 자리에서 일어나 밖으로 나왔다. 밤공기가 차가웠지만 라미 마음은 터질 듯 뜨거웠다.

일곱 살 때 동네 끝자락 붉은 벽돌 교회에서 흘러나오던 피아노 소리에 마음이 붙잡혔었다. 유리문 너머 보이는 하얀 손가락이 건반을 누를 때마다 세상에 없는 언어가 공중에 떠오르는 것만 같았다.

"거기서 뭐 해?"

엄마의 날카로운 목소리에 라미는 화들짝 놀라 뒤돌았다. 손에 쥐고 있던 단팥빵이 반쯤 구겨졌다. 교회 앞에서 멍하니 서 있는 라미를 본 엄마는 다가와 라미 팔을 꽉 잡아챘다.

"여긴 왜 또 기웃거려!"

"피아노 배우고 싶어."

라미의 말에 엄마 얼굴이 굳었다. 입술이 얇아지고 눈이 번뜩였다.

"교회는 사람 속이는 데야. 다시는 얼씬도 하지 마."

라미는 고개를 푹 숙였다. 피아노 소리가 점점 멀어졌다. 그날 밤, 이불 속에서 몰래 손가락으로 건반을 흉내 내며 울었다. 흰 건반, 검은 건반 소리는 나지 않았지만, 마음속에서 계속 소리가 울렸다.

며칠 뒤 라미는 엄마가 시장에 간 틈을 타 다시 교회로 갔다. 피아노 선생님은 따뜻한 눈빛으로 라미를 맞아주었다.

"네가 치고 싶은 곡 있니?"

그날 처음 당돌하게 대답했다.

"아무거나요. 손가락이 움직이는 걸 느끼고 싶어요."

작은 반항이었을까. 처음으로 허락된 자유였다.

초등학교 1학년 때 학교가 끝나면 아이들은 우르르 문방구로 몰려가거나 놀이터에서 고무줄놀이하며 소리를 질렀다. 혼자인 라미가 가장 좋아하는 곳은 붉은 벽돌 교회였다.

매일 오후 3시가 되면 피아노 소리가 흘러나왔다. 문밖에서 몰래 듣는 피아노 소리는 라미의 마음을 간질였다.

어느 날부터 조심스럽게 유리문 가까이 다가가 발끝으로 벽돌 턱을 밟고 창문 너머를 들여다보았다. 피아노 앞에 앉아 있는 소녀는 라미보다 두 살 많아 보였다. 긴 머리가 어깨에 닿을 듯 말 듯 흔들렸고 두 손은 건반 위에서 마법처럼 움직였다. 그 순간 라미의 마음에 처음으로 열망이 싹텄다.

집에 돌아와 저녁을 먹으면서 엄마에게 말했다.

"피아노 배우고 싶어."

엄마는 순간 젓가락질을 멈췄다. 라미를 바라보는 눈빛이 싸늘했다.

"그딴 거 배워서 뭐 하게?"

"교회에서 가르쳐 준대."

"교회?"

젓가락이 밥상에 탁하고 부딪혔다.

"내가 교회 가지 말라고 몇 번을 말했어. 너 거기 또 가면 혼날 줄 알아."

엄마는 화가 난 얼굴로 자리에서 일어났다.

"엄마 말을 들어야지."

라미는 아무 말도 하지 못했다. 마음속 어딘가로 꼭꼭 숨어들었다. 엄마는 방문을 쾅 닫고 나갔고 라미는 베개를 꼭 끌어안은 채 한참을 눈을 깜빡거렸다.

다음 날 오후 라미는 망설이다가 교회 앞에 섰다. 교회 안은 햇빛이 가득 들어오고 피아노가 놓인 공간은 구석이었지만 따뜻해 보였다. 맨발로 살금살금 들어갔다. 피아노 앞에 아무도 없었다.

그때였다. 발소리가 났다. 하얀 블라우스를 입은 여자가 피아노 쪽으로 걸어왔다. 부드러운 인상이었지만 라미는 겁이 나 도망치려고 했다.

"잠깐만."

여자가 부드럽게 말했다.

"피아노 치고 싶어?"

라미는 고개를 끄덕였다. 여자는 미소 지으며 말했다.

"여기 앉아봐. 건반은 친구처럼 천천히 알아가는 거야."

피아노 의자에 앉아 건반에 손을 올려보았다. 차가운 건반이 손끝에 닿았을 때 심장이 빠르게 뛰었다.
"이건 도, 이건 레야. 한 번 눌러 볼래?"
떨리는 손으로 건반을 눌렀다. 단 한 번의 소리로 세상이 달라졌다. 그날 이후 라미는 몰래 숨어서 교회를 들렀다. 피아노를 칠 때면 세상 어떤 말보다 아름답고 평화로웠다. 어린 라미의 가슴에 피아노라는 별이 뜬 날이었다.

"그래, 정리해야지."
불난 집에다 부채질이었던가. 지은이 라미에게 말했다.
"준호씨는 너를 믿지 않더라."
외부의 힘이 둘 사이를 갈라놓고 있었다. 두려움이 그녀를 휘감았다.
갑자기 이루어진 사무실 번개 회식이 끝난 후 사람들의 발걸음이 하나둘 흩어질 때 라미가 말했다.
"준호씨, 잠깐 얘기할 수 있을까요?"
번화가 조명 아래 라미와 준호는 어색하게 걸었다.
"요즘, 어때요?"
준호가 먼저 말을 꺼냈다. 짧지만 담백한 말투였다.
"그냥 평소처럼…."
예전 같으면 들뜬 아이처럼 밝은 목소리였을 텐데, 이제는 모든 것이 조심스러웠다. 둘 사이에 침묵이 흘렀다.

"내가 먼저 거리 둔 거 알아요."

준호가 이어서 말했다.

"라미씨에게 피해 갈까 봐 그랬어요."

라미는 한숨을 길게 내쉬었다.

"맞아요. 사람들의 입방아에 오르고 직원들 눈치 보고 부장님 말 한마디 그런 것이 신경 쓰였어요."

그들 사이에 차가운 공기가 한 겹 흘렀다.

"지금은 어때요?"

준호의 물음에 라미는 한참을 머뭇거리다가 말했다.

"우리 집은 엄마가 천신 명신을 믿어요. 내 감정보다 엄마 눈치를 먼저 보게 되니까 나도 모르게 엄마 말이 머리에 남아요."

준호는 고개를 끄덕이며 말했다.

"무슨 말인지 알겠어요. 나는 누나들이 다섯인데 내가 막내이고요. 하나밖에 없는 아들이라서 기대와 부담도 커요. 친척들도 은근히 신경 쓰이고 누나들은 내가 누구를 만나면 한마디씩 해요. 그래서 난 내 생각을 말하기보다 숨기는 게 익숙해요."

두 사람은 말없이 지나가는 사람들을 바라보았다.

"어디 들어가서 차 한잔해요."

동네 카페에 들어갔다. 그날 밤 처음으로 자신들의 이야기를 꺼냈다. 서로 나란히 앉아서 말없이 있었지만, 이상하게 편안했다. 라미가 먼저 말문을 열었다.

"준호씨는 요즘 어때요?"

항상 조심스러워하는 그가 말했다.

"그냥…. 힘들어요."

"나도 힘들어요…."

라미 목소리는 떨렸다.

"준호씨는 다가오지 않았어요."

준호는 당황한 표정을 지었다.

"우린 생각하는 게 달라요."

"어릴 때부터 난 평범하게 살고 싶었어요. 아무것도 믿지 않고 누구한테도 끌려가지 않고. 그런데 내 엄마는 세상 모든 일을 천신 명신으로 해석하죠. 그게 우리 집 분위기에요."

라미는 말하며 헛웃음 짓는 표정이었으나 금방 풀이 죽었다. 준호는 잠시 후 조용히 말했다.

"나는 기대에 부응하는 아들이 되어야 했어요. 우린 너무 반대라서 오히려 닮았는지도 모르겠네요."

쓴웃음을 지으며 그가 계속 말했다.

"은근하게 누나들이 주입하는 말들이 뼈에 박혀있어서 나는 내가 뭘 해야 할지 어떤 사람을 좋아하는지 모르겠어요."

라미는 고개를 돌려 준호를 바라보았다.

"그래서 우린 가까워지지도 멀어지지도 않은 채 서로의 벽을 느끼고 상처받기 싫어서 피하는 거예요."

준호는 고개를 끄덕였다.

"나는 내 안의 불편한 진실을 꺼내지 않으려고 했나 봐요."

"나도 엄마 얘기 꺼내는 거 너무 싫었어요. 다른 사람이 날 이상하게 볼까 봐요."

"이상한 것은 아니죠."

준호가 말했다.

"이제 조금 알 것 같아요."

둘 사이에 침묵이 깊어졌다.

집으로 돌아온 라미는 어둠이 깔린 방안에서 창밖을 내다보았다. 창밖으로 멀리 별들이 반짝이고 마음속에선 복잡한 감정이 폭풍처럼 일었다.

"엄마가 나를 구속해."

낮게 중얼거렸다.

"그 사람에게까지 나쁜 영향을 줄 수 없어."

눈빛이 빛났다.

"그 사람은 내가 아니어도 사랑받을 만한 사람이야. 나 때문에 방해가 되어선 안 돼."

창문을 열고 차가운 바람을 맞았다. 불어오는 바람처럼 냉혹한 현실 앞에서 흔들리지 않겠다고 자신과 약속했다.

그날 이후 라미는 마음을 접어 넣으려고 애썼다. 준호가 다가와 커피잔을 건네주었을 때도 한 걸음 물러섰다.

몇 달 뒤 오전 회의가 끝난 뒤 회의실을 나오는 준호가 자리에 돌아가려고 할 때였다.

"오늘 와이셔츠 진짜 잘 어울리네요."

회계팀 박주아 담당이 말을 걸었다. 가볍게 말하는 듯했지만 제법 진지했다.

"아, 네 고맙습니다."

준호는 웃으며 대답했지만, 시선을 피했다. 옆에 있던 디자인실 손미나 대리가 한마디 거들었다.

"요즘, 계속 야근하시죠? 저녁같이 먹어요. 혼자 먹지 말고."

"알겠습니다."

복도 끝을 돌아 나가는 준호의 등 뒤에서 속삭임이 이어졌다.

"그러니까, 누가 저 사람 마음을 얻을까가 이슈던데."
"뭐, 워낙 인기가 많으니까요."
"특히 선영씨가 엄청나게 좋아하던데."
"워낙 말도 없고 다정하게 대하니까 여자들한텐 좀 미묘하겠네요."

그녀들은 가볍게 웃으며 말했지만, 준호는 모르는 척 지나쳤다. 책상 앞에 앉아서 남은 커피를 들이켠 순간 조금 전 복도에서 흘러나온 말 때문이었을까. 준호는 모니터를 보며 웃었다.

계절이 바뀌고 3개월이 지났다. 준호는 퇴근까지 얼마 남지 않았을 때 사무실 창밖으로 노을을 바라보며 서 있었다.
"라미씨, 결혼한대."
동료가 전해준 말에 심장이 조여왔다. 익숙했던 골목이 어느 날 갑자기 사라진 기분이 이런 걸까. 라미와 갑작스러운 이별이 당황스러웠다. 준호는 입술을 깨물었다. '너무 늦었어…'
라미가 마지막으로 출근하던 날 준호의 눈빛이 불안하게 흔들렸다. '갑자기 무슨 일인지 모르겠어.'라고 말하는 눈빛으로 라미를 바라보았다.

라미는 준호의 얼굴을 마주 바라보면서 '준호씨, 그동안 고마웠어요. 내가 떠나는 것은 당신을 위한 내 마지막 선택이에요. 지금은 아파도 먼 훗날 내 마음 알게 될 거예요.'라고 말하는 것 같았다.
　준호는 차가운 공기 속에서 깊은숨을 쉬었다. 라미가 떠나고 몇 주가 지났지만, 마음이 무거웠다. 책상 위 식은 커피와 라미가 앉아 있던 자리가 오버랩되었다. 그는 빈자리를 바라보다가 시선을 거두었다.
　사람들은 아무 일 없듯 웃고 떠들고 있었지만, 준호의 세상엔 큰 구멍 하나가 뚫린 듯했다. 사무실은 이상하리만큼 낯설었다. 모두가 그대로인데 전부 없어진 것만 같았다.
　'잘 지내고 있을까.' 그녀와 함께 밥을 먹었던 구내식당 테이블마저 쓸쓸했다. 커피 자판기 앞에서 잠깐 앉아 수다 떨던 의자와 모든 풍경이 그대로인데.
　"정말 가버린 거구나."
　준호는 혼잣말했다. 말끝이 목 안에서 메이고 아무 대답도 돌아오지 않는 공기가 허전했다. 그녀에게 다가가지 못한 자신을 원망하며 준호는 깨달았다. 그녀가 얼마나 큰 존재였는지를. 지친 하루를 환하게 만들어 주고 있었는지를.
　거울 속 남자는 준호 자신이 아니었다. 볼살은 쏙 빠지고 턱은 날카롭게 깎인 듯 뾰족해졌다. 눈 밑은 어둡게 꺼져 있었고 깊은 눈동자엔 생기가 자취를 감췄다. 셔츠는 한 치수는 큰 듯 헐렁했고 허리띠는 몇 칸이나 줄여야 맞았다. 점심시간이 되어도 그는 움직이지 않았다.
"밥 먹으러 가요."
사람들이 말하고 지나쳐도 모니터만 멍하니 바라볼 뿐 비워지지 않은 컵라면이 책상 위에 놓여 있었다.
라미가 떠난 이후 좋은 반찬도 입에 넣으면 모래 같았고 씹는 행위조차 허무하게 느껴졌다. 같이 앉았던 식탁에서 밥을 먹고 밝게 웃었던 모든 순간이 되살아났다. 그녀가 없는 식사시간은 벌 받는 것처럼 쓰디쓴 고통이었다.

라미는 민수와 결혼을 앞두고 마음을 억지로 구겨 넣는 것 같았다. 결혼식 날 민수는 라미에게 안정감을 주려고 노력했다.
"잘 어울려."
민수가 미소를 지었다. 라미는 웨딩드레스를 입고 거울 앞에 섰을 때, 자기 모습이 슬프게 보였다.
"괜찮아?"
불현듯 라미의 물음에 민수는 부드럽게 대답했다.

"응, 괜찮아."

민수와 라미는 손을 잡았다. 그들이 나눈 말과 고백은 결혼식이라는 절차였다.

"내가, 너를 행복하게 해줄게."

민수 말이 또렷하게 들렸다. 행복이 무엇인지 알지 못한 채 라미는 고개를 끄덕였다.

며칠째 준호는 속이 텅 빈 채 잠들었다. 한밤중에 배고픔에 깨도 물 한 모금 넘기고 다시 눈을 감았다. 그리움은 허기보다 깊고 사랑은 식욕보다 아팠다. 사람들은 수군거렸다.

"요즘, 준호씨 말랐지 않아?"

"라미씨 떠난 이후 많이 힘든가 봐."

그는 말없이 웃었다. 웃음조차 금방이라도 부서질 듯 연약했다. 사무실 오후 공기는 무거웠다. 정 부장은 조용히 준호를 불렀다.

"준호씨, 퇴근하고 잠깐 시간 좀 내줄 수 있어요?"

준호는 멍한 눈으로 고개를 끄덕였다. 평소라면 이유를 물었을 텐데 요즘 그는 무슨 말에도 반응하지 않았다.

카페 구석에 마주 앉은 정부장은 한참을 망설이다가 말을 꺼냈다.

"준호씨, 나 말이야, 예전에 자네 같은 친구 봤어! 착하고 책임감 강한데 사람 하나 마음에 담아놓고 놓아주지 못해서 자신을 갉아먹더라고."

준호는 고개를 숙였다. 식은 커피잔을 두 손으로 감쌌다. 정 부장은 말을 이었다.

"이번에 좋은 집안에서 사람 소개해 달라시더라고. 밝고 예의 바른 아가씨야. 나도 믿는 사람이고 한 번 얼굴이라도 봐요. 밥 한 끼라도 같이 하게. 그게 뭐 그렇게 큰일이라고."

준호는 고개를 들었다.

"부장님, 저 지금 그런 마음의 준비가."

"준비란 게 영원히 안 올 수도 있어. 준호씨 이렇게 계속 살아갈 수는 없잖아."

준호는 아무 대답도 하지 못했다. 자신의 속을 정확히 들여다본 것 같았다. 텅 빈 하루하루를 버텨야 하는 현실 사이에서 천천히 무너지고 있었다. 정 부장은 명함 하나를 꺼내 준호 앞에 놓았다.

"부담 느끼지 말고 그냥 밥 한번 먹는 거야."

햇볕이 따가운 주말 오후, 준호는 마트 옆 골목길을 걷고 있었다. 장바구니를 든 손엔 라면과 두유, 그리고 컵밥 하나가 들려 있었다. 혼자 사는 남자의 의욕 없는 장보기였다. 그런데 골목 끝에서 익숙한 실루엣이 눈에 들어왔다. 하늘색 블라우스에 단정하게 묶은 머리. 여린 어깨 위로 햇살이 부드럽게 내려앉아 있었다. 라미였다.

순간, 준호의 발이 멈췄다. 가슴에서 뭔가 철컥하고 잠겼다. 숨이 막혔다. 한 걸음 다가서고 싶었지만, 발목에 돌을 매단 듯 움직이지 못했다. 단 몇 초였을까. 준호는 그 찰나의 시간이 너무 길었다.

그날 밤 준호는 거울 앞에서 셔츠 단추를 채웠다. 그동안 거절해 오던 정부장의 중매 자리에 감정도 없이 응했다. 만난 자리에서 상대 여자가 웃으며 말했다.

"밥, 잘 챙겨 드세요. 너무 말라 보이네요."

그는 미친 듯 웃었다. 한 달 후 정부장의 책상 위에 청첩장이 놓였다.

"벌써 결정했어요?"

정부장이 물었다. 준호는 말없이 고개를 끄덕였다.

"예."

그의 눈빛은 여전히 텅 비어 있었지만, 흔들림이 없었다. 어딘가에 도달하기 위해 마음을 묻기로 한 남자의 선택이었다.

종일 무기력한 표정으로 앉아 있던 라미에게 직장 동료였던 희영의 전화를 받았다.

"준호씨가 결혼한대. 들었어?"

라미의 손끝이 파르르 떨렸다.

"결혼한다고요?"

"응, 다음 달이래. 정부장님이 중매 서줬다던데 나도 좀 놀랐어. 갑자기라서."

라미는 억지로 미소를 지어 보였다.

"잘됐네요."

가슴 속 어디선가 쿵! 소리가 났다. 화장실로 가는 발걸음이 휘청였고 세면대에 기대서서 숨을 고르며 눈가로 번져오는 뜨거운 감정을 눌렀다. 거울 속 그녀의 눈빛은 텅 비어 있었다.

"그래, 잘한 거야. 이게 최선이었던 거야."

작게 중얼거리며 눈을 감았다.

"라미씨! 잠깐만요."

걸음을 멈추고 고개를 돌렸을 때 부드럽고 따뜻한 미소를 띤 준호가 한 손에 꽃다발을 들고 다가왔다. 그와 눈을 마주친 라미는 깜짝 놀라며 눈을 떴다. 며칠 뒤 꾸었던 꿈이었지만 준호는 알 수 없는 의문의 시선으로 다가왔고 젊은 시절 함께했다는 사실만 그녀의 가슴속에 남았다.

30년 세월이 흐른 지금까지 그날의 꿈을 떠올리며 그가 자신에게 보였던 진심이 무엇이었는지를 되새기곤 했다.

3장 운명의 재회

인연은, 어쩌면 다시 걸어 나올 길을 기억하고있다

3장 운명의 재회

50대에 접어든 라미는 혼자가 된 후 어린 시절 배우고 싶었던 피아노를 시작하고 하루하루가 새로웠다. 처음에는 어색하고 손가락이 경직되어 피아노 앞에 앉을 때마다 긴장이 되었지만, 멈추지 않고 계속 눌렀다.

어릴 적 엄마가 허락해 주지 않았지만 이제는 스스로 선택했다. 교회 창밖에서 소리를 훔쳐 듣던 소녀를 마음속으로 껴안았다. 피아노는 자아를 불러냈다. 그것은 시작이었고 앞으로의 전부가 될 것이었다.

음은 서툴렀지만, 손끝은 거짓말을 하지 않았다. 피아노는 그녀를 기억하고 있었다. 라미는 알았다. 피아노는 절대 사라지지 않았다는 것을. 교회 선생님은 기초부터 가르쳐주었고 라미는 고등학교 2학년 때까지 교회에 갔다.

학교가 끝나자마자 곧장 교회로 향했다. 손에는 연습할 악보가 담긴 헌 공책을 들고 있었다.

"안녕, 라미."

선생님이 웃으며 맞아주었다.

"어제보다 손가락에 힘이 덜 들어갔어. 진짜 많이 늘었는걸?"

라미는 부끄러워하며 고개를 숙였다. 칭찬은 생전 처음 들어보는 따뜻한 말이었다. 학교에서도 집에서도 들어본 적 없는 말.

"오늘은 왼손 리듬도 같이 해볼까?"

고개를 끄덕이고 피아노 앞에 앉았다. 첫 음을 누르는 순간 시간이 멈춘 듯했다. 그때였다.

"너, 나오지 못해!"

문이 쾅 열리며 엄마의 고함이 교회 안을 찢었다. 라미는 손이 그대로 얼어붙었다.

"내가 여기오면 안 된다고 말했잖아."

엄마 얼굴은 붉게 상기되어 있었다. 분노를 넘어서 배신당한 사람의 얼굴이었다.

"어머니, 잠깐만요. 라미가 재능도 있고 열심히 배우고 있어요."

조심스럽게 말했지만 선생님의 말을 단칼에 잘랐다.

"됐어요. 누가 가르치랬어요?"

엄마는 라미 팔을 거칠게 잡아챘다.

"여기 와서 쓸데없는 짓이나 하고 피아노가 밥 먹여줘?"

엄마는 라미의 헌 공책을 낚아채 찢었다. 종잇장이 허공에 흩어져 날리며 라미 마음도 함께 날아갔다.

"따라와. 교회 근처도 못 가게 할 테니."

들은 체도 하지 않고 라미를 끌고 나가는 엄마의 등 뒤에 대고 선생님이 말했다.

"음악은 억지로 끊는다고 사라지지 않아요."

그날 밤 어두운 방안에서 손가락으로 허공의 건반을 눌렀다. 소리는 없었지만 손끝은 기억하고 있었다. 도, 레, 미, 그리고 눈물.

시간이 흐를수록 피아노의 매력에 깊이 빠져들었다. 피아노 앞에 앉으면 꿈꾸어왔던 세계로 떠나는 것처럼 모든 걱정과 슬픔을 잊었다. 수년이 흐른 지금은 피아노 연주에 자신감을 얻어 단순한 취미에서 벗어나 독주회를 계획했다.

오늘은 연습이 잘 된 날이었다. 손가락 끝이 피아노 건반에 익숙해질수록 떨림이 완전히 사라졌다. 실수하는 부분은 있지만 여유 있는 마음으로 '괜찮아 천천히 해도 돼.'라고 스스로 위로했다.

연주할 곡을 결정하는 일은 힘들었지만, '첫사랑 이별 후'를 선택했다. 이 곡은 결혼 후 힘들었던 시절 즐겨 들으며 마음을 달랬다. 음악은 그녀에게 도피처였다.

혼자서 독주회를 한다고 생각했을 때는 무척 두려웠다. 하지만 이젠 흥미롭고 설레었다. 감정을 손끝으로 표현하는 일은 멋진 일이었다. 첫 독주회는 그녀의 인생에서 가장 큰 의미 있는 시간이 될 것이었다.

손꼽아 기다려온 독주회 날, 긴장한 마음을 안고 공연장에 도착했다. 양재동 아트센터 안, 클래식 음악이 흐르고 천장에 걸린 조명에서 은빛 광채가 반짝였다. 실내는 조용하면서도 생기가 흘렀다. 와인잔 부딪치는 소리와 따뜻한 온기가 실내를 가득 채웠다.

창가 자리에 앉은 라미는 화사한 미소가 얼굴에 감돌고 잔잔한 설렘으로 넘쳤다. 정갈하게 차려진 테이블 위엔 다양한 안주와 과일, 병째 놓인 와인이 풍성한 밤을 빛냈다.

"이렇게 한자리에 모인 게 얼마 만이야?"

모두가 웃으며 와인잔을 높이 들었다. 조명이 어두워지며 라미 이름이 발표되자 사람들이 자리에 앉았다. 라미는 숨을 고르고 무대 위로 올라갔다. 주위의 소란스러움은 잠잠해지고, 모두의 시선이 라미에게 집중했다.

그때, 아트센터 입구가 조용히 열리며 조심스레 걸음을 옮기는 한 남자가 있었다. 흰색 셔츠에 은빛 머리를 단정히 빗어 넘긴 모습. 서글서글한 눈빛으로 조용히 내부를 둘러보다가 한 곳에 멈추었다.

오랜 세월이 흘렀지만, 단번에 그녀를 알아보았다. 그 순간, 그의 마음은 거꾸로 흐르는 시간 속을 걷기 시작했다. 시간이 멈춘 듯했다. 그의 눈동자 속에서 잊고 지냈던 기억이 물처럼 일렁였다. 꽃잎처럼 흩날리던 젊은 날의 봄은 다시 못 볼 이별이었다.

피아노 앞에 앉은 라미는 깊은숨을 들이마시고 건반 위에 손을 얹었다. 첫 음이 울리자 긴장된 마음이 조금씩 가라앉았다. 그동안의 연습과 노력이 고스란히 건반 위에서 춤을 추었다. 피아노 선율은 잔잔하게 사람들의 가슴을 찔렀다. 한때 청춘이었고, 사연을 품고 살아가는 이들이었다.

첫사랑 이별 후

세월이 끌고 와 머리에 흰서리 내리고
우연히 만난 그댄 첫사랑
그대 가슴에 심어진 사랑
그리운 밤에 그 이름 불러보는 오늘 밤
가슴에 뭉친 한 모두 툭 털어놓고
스트레스 풀어봐
사랑, 첫사랑 이별 후 우리의 만남
최고의 선물, 선물인 거야.
우리의 영원한 사랑은 타다남은
불씨가 되어 첫사랑 이별 후
만남은 최고의 선물이 되어
우리를 하나로 맺어준 사랑
저 하늘빛 사랑, 사랑

소중한 시간

나 그대의 향기, 난 꽃 되고 싶어
영원히 사랑받고서 살고 싶어라
늘 변하지 않는 푸른 청춘처럼
살아가고 싶구나
사랑 나누리라 인생 최고 즐거움 행복
황홀경에 빠져 빠져 사랑 꽃피고 싶어라
한 번밖에 없는 인생
소중한 시간을 허투루 써 후회하리
즐거움 행복한 사랑 황홀경에 빠져 꽃피우리

곡이 끝나고 라미는 눈을 감았다. 관객들의 박수 소리가 그녀를 감쌌다. 외로움 속에서 수많은 연습과 자신을 위해 선택한 삶의 여정이 보상받는 순간이었다.
"축하해, 라미야. 정말 감동이었어."
은숙이 밝게 다가왔다.
"자리를 빛내줘서 고마워."
친구들이 라미를 중심으로 모여들었다.
"최고야!"
"함께 해줘서 너무 행복해."
"우리 모두 정말 소중한 시간이야."
"너희들 덕분에 내 독주회가 더욱 빛났어."
"정말이야. 감미롭고 진심이 느껴졌어."
"맞아."
모두 맞장구쳤다. 미영은 라미 손을 꼭 잡으며 말했다.
"행복한 시간이었어."
진희는 고개를 끄덕이며 덧붙였다.
"멋진 자리에 초대해 줘서 감사해. 라미야."
라미는 눈시울을 붉히며 말했다.
"나, 오늘… 정말 행복했어."
모두가 잔을 들어 올리고 박수를 보냈다. 박수 소리는 부드럽게 공간에 퍼졌다.

　라미는 피아노 앞에 앉아 눈을 감고 호흡을 골랐다. 분기마다 열리는 [정기 독주회]는 단순한 연주를 넘은 인생의 주기와 계절 같은 것이었다.
　무대 위의 라미는 여유로운 표정이었다. 첫 독주회 때의 긴장감은 희미한 기억처럼 남았고 무대는 자연스러웠다. 객석을 메운 청중 사이로 낮고 부드러운 웅성거림이 일었다.
　조명이 그녀를 비추고 첫 음이 흘러나왔다. 봄의 끝자락, 부드러운 리듬 속에 꽃잎 흩날리듯 선율이 퍼졌다.
　청중은 라미의 손끝에서 피어나는 음악에 잠기며 그녀의 세계로 천천히 걸어 들어갔다.

　이번 무대의 주제는 '마음 나누고 정 가슴 담고'였다.
　쇼팽의 '녹턴'을 연주하다가 중간 부분에서 라미의 곡을 자연스럽게 끼워 넣었다. 곡이 끝날 때마다 청중은 박수를 보냈다.

마음 나누고 정 가슴 담고

마음 나누어요. 외로움 나누어요.
즐거움 가슴에 담아요. 행복을 담아요.
마음을 나누면 즐겁고 행복해집니다.
외로움 도망가고 정 쌓여갑니다.
스트레스도 날려 날려 보내
혼자서 살면 고독의 감옥 갇혀 살게 되죠
한 번밖에 없는 인생
여행길 사랑 나누고 마음 나누고
이성 친구와 손잡고 꽃길 걸어요

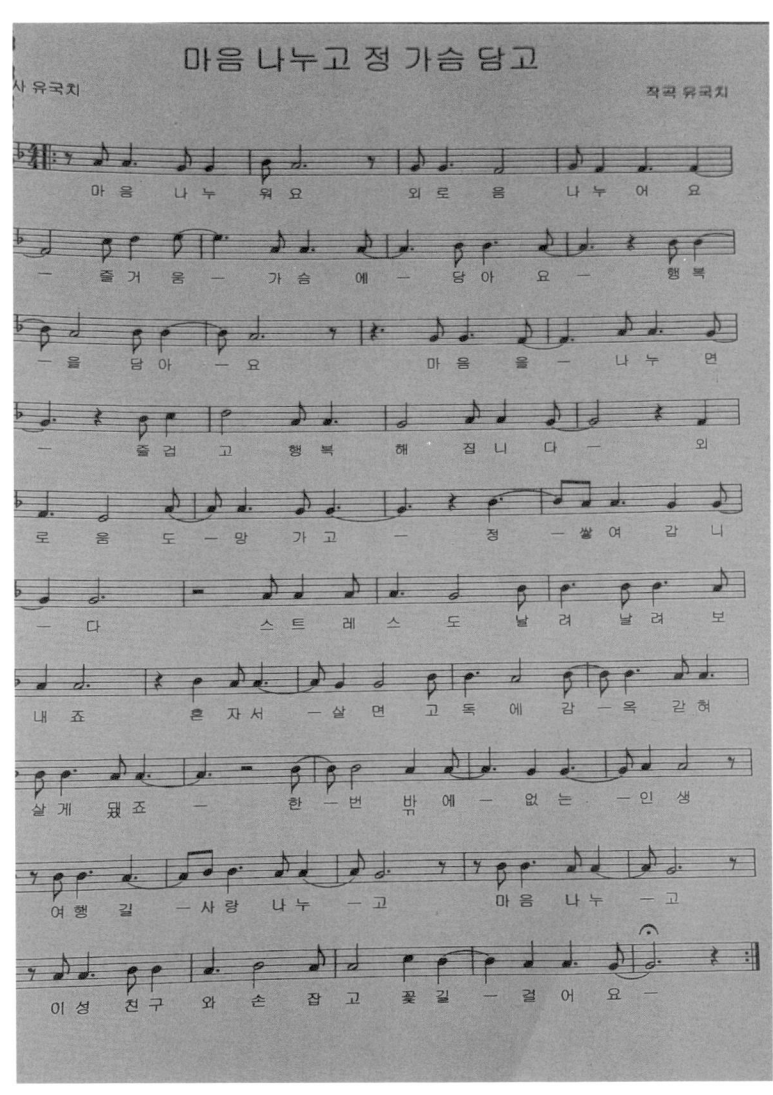

소금저린 사랑

사랑을 싱겁게 할까 말까
저린 사랑
사랑을 맛깔나게 해요
싱거운 사랑 싫어
사랑 양념 듬뿍 넣어
오묘한 맛 느낄 걸
지루한 사랑은 싫어 짜증나
아름다운 사랑이 좋아
좋아좋아
사랑은 환상 녹여주네
노력없는 사랑은 안돼 안돼
소금저린 첫사랑 영원한 첫사랑
사랑으로 녹여줘요
마음으로 녹여줘요
소금저린 첫사랑 재회의 첫사랑

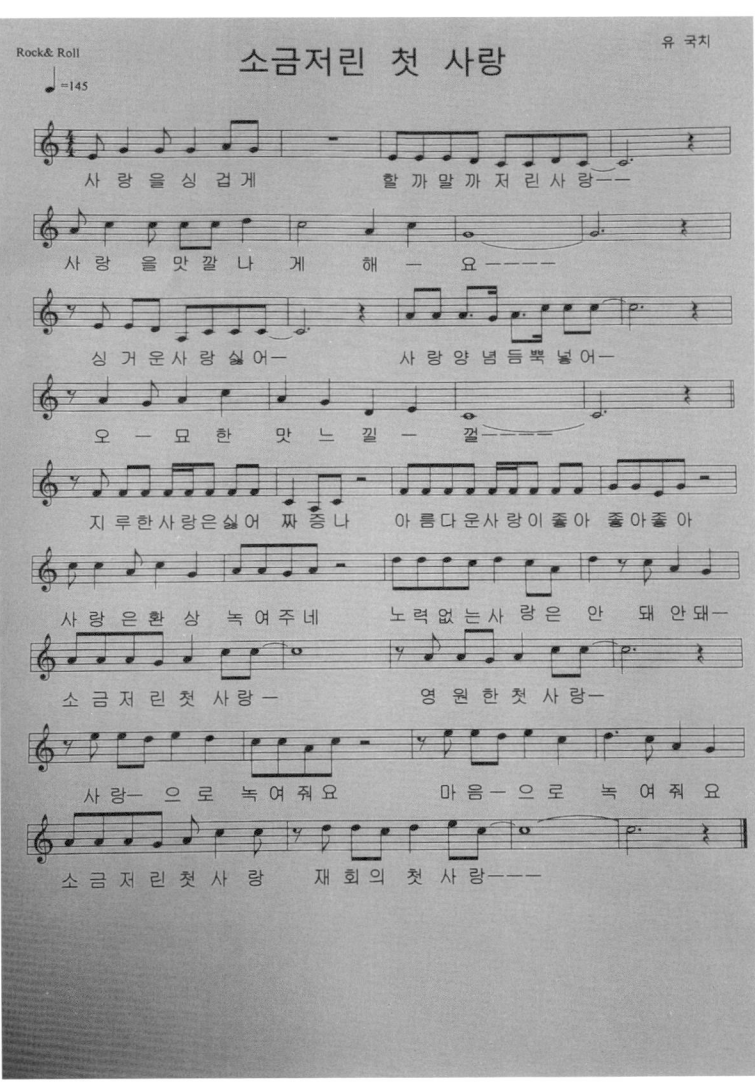

무대 뒤에 정기 연주 포스터가 가지런히 걸려 있었다. 각각 다른 계절, 다른 곡 라미는 마지막 곡을 치며 속삭이듯 속으로 말했다.

"모든 것은 지나간다."

또다시 박수가 울려 퍼졌다. 무대 위에 서 있는 그녀의 눈가에 환한 미소가 머물렀다.

첫 독주회 이후 세 번째 봄 독주회가 끝나고 라미가 무대 뒤에서 홀로 앉아 있을 때였다. 말없이 꽃다발을 보내주던 준호가 조심스럽게 문을 열고 들어섰다. 조명이 준호 얼굴에 은은하게 스며들어 라미를 바라보는 눈빛이 묵직한 감정의 무게를 감추려는 듯 보였다.

"멋졌어! 라미."

목소리는 낮고 부드러웠다. 친구들이 몰려와 라미와 준호를 향해 축하의 손뼉을 쳤다. 조명이 천장을 감싸고, 와인잔 사이로 은은한 음악이 흘러나오는 아트센터 벽면을 따라 놓인 캔들과 유리창 넘어 도시의 불빛이 어우러져, 마치 꿈결 같았다.

60대에 접어든 준호는 쌍꺼풀 없는 눈빛이 선명했다. 무뚝뚝해 보이지만 따뜻함이 서렸다. 짧은 머리에 흰머리는 세월의 흔적이 엿보였다. 웃을 때 입꼬리가 여전히 올라갔다. 고요한 눈빛은 가만히 누군가를 바라볼 때면 말이 없어도 그의 생각이 전달되는 듯했다. 곧은 콧대는 중심을 지켜온 사람처럼 느껴졌다.

준호는 오래된 단독 주택에서 바람이 불면 유리창 떨리는 소리와 함께 그림을 그리며 하루를 채웠다. 조용한 화실에 부드러운 햇살이 캔버스 위로 따스하게 쏟아지는 날, 그의 손에 든 붓의 움직임은 느리고 조심스러웠다. 마음 깊은 곳 오래 묻어둔 기억을 끄집어내듯 붓끝을 움직였다.

노을이 붉게 물든 하늘 아래 잔잔히 출렁이는 물결과 바람에 흩날리는 여자의 머리카락이 살아 움직이는 듯했다. 그가 그리고 있는 붉은색 수채화는 붓끝에서 번져 나오는 그리움 같았다.

적막한 화실에서 붓을 잡은 순간은 따뜻했다. 호흡을 고르고 캔버스에 그림으로 감정을 살렸다. 한쪽 벽에 기대어 오래된 스피커에서 피아노 선율이 낮게 흘러나왔다. 선율에 맞춰 그의 붓이 캔버스를 가로질렀다.

그림 속 여인은 깊은 눈으로 피아노 건반을 내려다보았다. 여인의 콧날을 타고 내려오며 붓끝이 멈칫했다. 입매를 그리기 전 그는 숨을 멈췄다.

말보다 음악으로 감정을 전하는 여인의 표정을 떠올렸다.

그리고 천천히 입매를 그려 넣었다. 붓질 하나마다 기억이 내려앉았다. 그림 속 여인은 늙지 않은 모습으로 시간이 멈춘 듯 물감으로 피어났다.

그가 붓을 내려놓고 멀리 떨어져서 그림을 바라보았다. 피아노 앞에 앉은 여인이 조용히 미소 지었다.

"이제야, 그릴 수 있게 되었군."

자신도 모르게 중얼거렸다.

유진과의 결혼은 조용했다. 아내가 10년 전 병으로 세상을 떠나고 지금은 혼자서 그림을 그리거나 더러는 나무를 깎았다. 장난감 말, 작은 책상, 오래된 의자 정도였다. 찾아오는 사람은 드물지만, 그가 만든 물건엔 시간이 깃들었다.

책상 위 오래된 사진 한 장 옆에 접어둔 편지지가 놓여 있다. 쓰다가 지운 보내지 못한 편지는 조용히 먼지를 먹었다.

라미와 골목에서 마주친 날 이후 며칠은 속이 뒤집혔다. 아무 생각도 들지 않는, 공허가 아닌 너무 많은 생각이 밀려들었다. '내가 더 용기를 냈다면, 그때 우리가 조금만 덜 방해 받았더라면, 결혼한 사람을 미워할 수도 그리워할 수도 없지 않나?' 창밖을 바라보며 '어쩌다 이렇게 됐지'라는 생각에 괴로웠다.

일주일이 지났을 때 준호는 정부장의 중매를 받아들였다. 누군가와 밥을 먹고 이야기를 나누고 살고 싶은 마음이 고개를 들었다.

처음 본 날 유진에게 특별한 끌림은 없었지만 불편하지도 않았다. 그것이 크게 느껴졌다. 사근사근하거나 말이 많지 않고 말을 덜어내는 유진에게 작은 깨달음을 얻었다. '사랑은 아프지 않아도 되는 거구나.'

결혼을 결심하고 유진을 집 앞까지 바래다주었을 때였다. 라미와 마주친 날로부터 한 달 되는 날이었다.

"준호씨, 결혼은 오래 보고 싶다는 마음인 거죠?"

유진의 말에 준호는 고개만 끄덕였다. 사랑을 내려놓고 나를 일으켜 세우고 싶은 결심이었다. 그날 밤 준호는 혼자 있는 방에서 깊은숨을 몰아쉬었다. 기대거나 기대지 않아도 넘어지지 않는 기둥처럼 결혼을 결심했다.

밤이 되면 공원에 나가 걷다가 하늘을 올려보았다.

"라미."

결혼 후 아내와의 갈등은 풀리지 않았고 결국 혼자가 되어 수많은 해가 지나갔다. 이제는 혼자 사는 삶에 익숙하고 벽에 걸린 가족사진조차 먼지에 덮여있는 듯했다.

가족사진을 보고 있던 준호는 숨을 고르며 눈을 감았다. 그 시절이 가끔 그리웠다. 혼자 살기 시작한 지 오래되었지만, 여전히 외로움은 가시지 않았다. 누군가와 함께 나누던 평범한 일상이 그리웠다. 아들도 결혼하고 자주 오지 않았다. 그럴 때마다 가족에게 잘해주었더라면 하는 후회가 스멀스멀 올라왔다.

과거의 후회를 마음속 깊이 안고 살아온 그는 필요 이상으로 감정을 드러내지 않지만, 한 번 마음을 열면 끝까지 책임지는 사람이었다.

"시간이 지나면 잊힐까."

혼잣말이 되어 습관처럼 나왔다. 난로 앞에서 묵은 다이어리를 꺼내 보며 턱을 괴었다. 그는 요즘 들어 생각이 많았다. 새벽에 산책하러 나가고 나무 냄새와 밤하늘의 별을 음미했다. 아침부터 저녁까지 어제와 같은 하루가 지나갔다. 가끔 친구들이 찾아오지만, 각자의 삶을 살아가기에 바빴다.

"어차피 나는 혼자 살아가야 할 사람이야."

혼잣말하며 먹는 저녁은 차가운 밥과 국 한 그릇이었다. 찾아오는 사람도 드물고 함께 먹을 사람도 없었다. 이렇게 혼자 살아도 괜찮을까? 하는 생각이 들었지만 외로움을 느끼기 시작하면 더욱 힘들어질 것 같아 그만두었다. 혼자 살아가는 것에 익숙한 그는 어떻게 해야 행복해질 수 있을까? 하는 질문마저 지쳐버린 하루를 보내고 내일을 맞았다.

  결혼 후 아내와의 갈등을 극복할 수 없었다.
"여보, 오늘 회식 있다더니?"
  아내의 말에 준호는 대답 없이 넥타이만 느슨하게 풀었다. 거실은 조용했고 TV에선 예능프로그램이 떠들썩하게 흘러나왔다. 그는 소리를 지우듯 리모컨을 눌러버렸다.
"피곤해서."
"밥 안 먹었지? 당신, 요즘 회사 힘들어?"
  준호는 대답하지 않았다. 냉장고에서 물을 꺼내 마시고 소파에 털썩 앉았다. 아내는 그의 옆에 앉으려다 멈칫했다. 다가서는 것도 조심스러워진 사이가 되었을까. 결혼하고 3년 조금 넘었지만, 서로의 마음을 알지 못했다.
  밤늦게 혼자 책상 앞에 앉아 있던 준호는 서랍을 열었다. 서랍 속엔 버리지 못한 사진 한 장이 들어 있었다. 회사 야유회 때 라미가 찍어준 사진이었다. 푸르게 갠 하늘 아래 멍하니 서 있는 자기 모습이었다. 라미는 그때 웃으며 말했다.
"이렇게 찍으면 되게 외로워 보여요."
"이상하네. 나도 몰랐는데."

지금 보니 정말 그랬다. 외로움을 알아본 사람은 라미뿐이었을까. 하지만 다른 사람과 결혼했고, 빈자리는 컸다. 그날 밤 아내는 조심스럽게 물었다.

"혹시, 나 말고 누가 있어?"

준호는 눈을 감고 대답하지 않았다. 거짓말도 진실도 말하지 못했다.

벚꽃이 날리는 봄이었지만 준호의 하루는 회색이었다. 출근길 버스에 앉아 유리창에 비친 자기 얼굴을 멍하니 들여다보았다.

점심시간 동료들은 식당으로 향하고 준호는 옥상으로 올라갔다. 커피 자판기 앞에서 뽑은 종이컵 하나를 든 채 멍하니 흘러가는 구름을 바라보았다.

"잘살고 있을까. 혹시, 나처럼 무너지고 있진 않겠지."

자신도 모르게 혼잣말이 새어 나왔다.

퇴근 후 집으로 돌아와 불도 켜지 않은 채 소파에 누웠다. 아내는 외출 중이고 집 안엔 아무도 없었다. 적막이 편안했다. 다정한 말도 걱정스러운 손길도 지금은 부담이었다. 말없이 바라보아주던 라미가 좋았다. 눈빛 하나만으로도 위로가 되었던 시절이 행복했다.

늦은 밤 준호는 밖으로 나와 공원 벤치에 앉았다. 차가운 공기와 멀리 들리는 자동차 경적을 들으며 중얼거렸다.

"내가 붙잡지 못했어."

그의 눈에 눈물이 고였다. 흘러내리지 않는 눈물처럼 감정을 억눌렀다. 사무실에선 보고서 회의, 영업계획, 생산 일정 등 순리대로 진행되고 어긋나지 않으려고 애썼다. 착각처럼 사람들의 웃음소리 속에 그녀 목소리가 들리는 듯했다.

"이 서류 정리하셔야 해요."

"커피 많이 마시면 심장이 두근거려요."

사소하고 따뜻했던 말이 되살아나 그의 마음 한편을 쿡쿡 찔렀다.

"준호 과장님, 요즘 잘 지내시죠?"

직원이 말을 건넸을 때 준호는 답했다.

"네, 뭐 그럭저럭요."

마음속에서 부서지는 소리를 들은 듯했다. '그럭저럭…. 그럭저럭 살아가는 것이 잘 사는 걸까?' 점심시간이 되어 서랍을 열었다. 라미가 마지막 출근 날 건네주던 짧은 메모가 있었다.

〈같이 일하게 돼서 정말 고마웠어요. 조용히 힘이 되어주셔

서 제겐 큰 위로였어요. 늘 건강하세요.〉

문장을 읽고 또 읽었다. 라미가 떠나던 날 말 한마디 제대로 못 하고 손끝이 떨리는 것을 보았는데 고개만 끄덕였다. 사랑은 '곁에 있는 시간'을 소중히 여길 줄 알아야 하는 거라고 했던가.
밤이 되면 준호는 혼자 술을 마셨다. 그녀가 다른 남자의 아내가 되어 살고 있다는 현실을 받아들이지 못한 채 혼잣말로 라미를 불렀다.
"잘 지내지…."
답답한 마음에 창문을 열었지만 바람조차 공허하게 느껴졌다. 누군가 라미 소식을 들은 직원이 전했다.
"그래도 잘 됐더라. 좋은 남자 만나서."
준호 마음속에 바위 하나가 떨어져 내렸다. 습관처럼 그날 밤 그는 다이어리 한 귀퉁이에 적었다.

〈난 그대로 서 있다. 한 발짝도 나아가지 못하고.〉

가을 은행나무가 노랗게 물들고 사람들은 사진으로 풍경을 담기에 바빴다. 준호는 라미와 걷던 골목길을 멍하니 혼자서 걸었다. 골목을 지나 산에 올랐다. 숨이 턱까지 차오를 때까지 걸었다. 가파른 오르막을 따라 걷다 보니 땀이 이마를 타고 흘렀고 숨소리는 점점 거칠어졌다.

정상에 올랐을 때 자리에 주저앉아서 멀리 도시의 풍경을 내려다보았지만, 눈앞이 뿌옇게 흐렸다.

"그렇게 보내선 안 됐는데."

오랜 시간 눌러왔던 감정이 고요한 산속에서 폭풍처럼 쏟아졌다. 아무도 보지 않는 곳에서 마음 놓고 울었다. 그리고 처음으로 자신을 용서했다. 겁이 많았던 자신을.

바람이 불어 나뭇잎이 흩어져 날릴 때 나뭇잎 한 장이 그의 무릎 위로 떨어졌다. 그는 무릎에 떨어진 나뭇잎을 조심스레 손에 올려놓고 한참 후 고개 들어 하늘을 올려다보다가 가만히 눈을 감았다.

마음에 있는 사람은 떠났다고 사라지지 않는다. 그녀는 떠났지만, 사랑은 떠나지 않음을 깨달았다. 떠나간 사랑도 자신의 일부로 남아서 깊고 따뜻한 사람으로 만들어 가리라는 것도.

하늘을 올려다본 준호는 천천히 일어섰다.

그의 일상은 고요하지만 강한 척 홀로서기를 하려고 자신을 더욱 고립시켰다. 오늘은 나무를 깎다가 칼끝에 손을 살짝 벴다. 피가 나지 않는데 아팠다. 나이 들어서일까. 사소한 감각에도 마음이 흔들렸다.

"잘 지내고 있을까."

나무를 깎으며 습관처럼 혼잣말로 되뇌었다.

"골목에서 당신을 보았을 때 왜 그렇게 내 마음이 어긋났는지 모르겠어. 아니 살고 싶어서 그랬나 봐. 죽을 것 같았으니까. 하지만 내 삶은 언제나 조용했어. 울렁이지도 않았고 흔들리지도 않았어. 대신, 말하지 못한 한마디가 평생 나를 붙잡고 있었지. 내일은 작은 우편함을 하나 만들 거야. 언젠가 그 안에 편지를 넣어놓을 거야. 그땐 웃을 수 있을까."

준호는 서랍 깊숙이 손을 넣었다. 낡은 가죽으로 둘러싸인 다이어리가 손끝에 닿자 조심스레 꺼내어 무릎 위에 올렸다. 손바닥으로 표지를 천천히 쓸어내리며 시간을 닦아내듯 오래된 다이어리를 펼쳐보며 혼잣말했다.

"입사하고 처음 사무실 문 앞을 지날 때, 정확히 말하면 무언가에 이끌리듯 빨려들었지. 나도 모르게 이끌리는 순간, 첫눈에 알아보았지. 그리고 내가 이사한 원룸에서 첫날, 창밖을 보면서 생각했어. 당신이 나의 일상에 자연스럽게 스며들기를 바랄 뿐이라고."

그는 다이어리를 펼쳐놓고 지나간 시절을 회상했다.
"내가 손을 잡자, 라미는 놀란 눈으로 나를 보았었지."
다이어리에 써놓았던 글을 읽어 내려가며 눈동자가 흔들렸다. 문장을 따라 시선이 멈춘 자리에 그날의 향기가 되살아났다.

⟨그녀의 눈을 정면으로 바라보았을 때 내 입꼬리가 미세하게 떨렸다. 오늘 날씨 좋네요. 라고 말하며 수줍어하던 그녀 얼굴이 예뻤다.⟩

⟨언제부터인가 점점 힘들어지는 것 같다. 어디서부터 잘못된 걸까. 라미는 날 이해해 주고 내 마음을 잘 아는 사람이라고 믿고 싶다. 하지만 내가 가진 불안과 두려움은 나 자신도 알 수 없는 것이다.⟩

준호는 한 손으로 이마를 짚으며 손가락으로 느리게 관자놀이를 쓰다듬었다. 눈앞의 문장이 아니라 과거 시간 어딘가를 보는 듯했다. 가슴속 깊은 곳에서 오랫동안 눌러온 감정이 물결처럼 파도쳤다.

〈나는 내 안의 갈등을 해결하지 못한 채 바라만 보았다. 회식이 끝나고 처음으로 속마음을 전하던 날 이후 모든 것이 달라졌다. 사랑은 쉽게 얻을 수 있는 것이 아니었다.〉

〈그녀가 내게서 떠났다. 내게 기대지 않겠다고 결심한 것일까. 점점…. 내 안의 두려움이 커졌다.〉

〈그녀를 놓아야 한다는 걸 알면서 받아들이는 것은 고통이었다. 이제 아무것도 할 수 없었던 나 자신을 용서하고 그녀를 놓아주는 것이 내가 할 수 있는 최선이다.〉

그의 눈가에 주름이 쓸쓸하게 잡혔다. 복잡한 감정이 뒤섞인, 자신도 어쩌지 못한 표정으로 다이어리를 넘기며 속삭이듯 말했다.
"나는 여전히 기억해."

〈나는 더 나은 사람이 되려고 노력했지만, 시간이 지나면서 점점 더 공허했다. 라미가 내게 준 사랑은 내가 다른 사람으로 바뀌어도 내 안에 깊이 파고들었다.〉

〈중매로 만난 사람과 결혼하고 잘 지내고 있다고 하지만 그녀가 떠나지 않았다면 지금의 아내와 결혼하지 않았을 텐데. 아내는 내가 원하는 것과 다른 것이 많았다. 아내와 함께 있으면 어딘가 모르게 빈자리가 느껴져 빈자리를 채우려고 애썼지만 결국 아무것도 할 수 없었다.〉

〈오늘도 아내와 같은 공간에서 살아가지만, 각자 다른 세상에 있는 것처럼 느껴진다. 처음 결혼할 때만 해도 아내는 나에게 많은 기대를 했고 기대에 부응하지 못한 나 자신을 자주 탓했다. 점점 서로의 마음을 읽지 못하고 불만과 서운함이 쌓여만 갔다. 몇 달 전부터 나는 아내와 대화조차 나누지 않았다. 아내가 말을 걸면 피곤하다는 이유로 피하고 아내는 점점 더 침묵으로 응답했다. 이제 서로를 바라보는 눈빛조차 사라져 버렸다.〉

비가 내리던 늦가을 오후 준호는 주민센터 한쪽 편에 노인건강상담 부스 앞에 앉았다. 오랜만에 만난 친구 기찬이 옆자리에 앉아 품속에서 꺼낸 손수건으로 안경을 닦았다.
"요즘, 어디 아픈 데 없지?"
기찬이 조심스레 물었다. 준호는 어깨를 으쓱이며 고개를 돌렸다.
"몸은 멀쩡한데 마음이 좀 낡았지."
기찬이 코웃음을 쳤다.
"그건 너나 나나 마찬가지야. 올해 예방접종은 했어?"
"독감은 맞았지. 폐렴은 고민 중이야."
준호는 주민센터 벽에 붙은 포스터를 흘낏 바라봤다. [65세 이상 무료 폐렴 예방접종]
"야야, 고민하지 마. 작년에 내가 대상포진 때문에 얼마나 고생했는지 알아? 등짝에 불이 난 줄 알았다니까."
기찬은 뒷덜미를 만지며 고개를 절레절레 흔들었다.
"혼자 아프면 그게 더 무섭지."
준호가 낮은 목소리로 중얼거리며 이마를 짚었다. 기찬이 준호를 빤히 바라보다가 담배 한 개비를 손에 돌리며 웃었다.
"우리 나이에 자존심이 밥 먹여주나. 병은 예방이 답이야. 이제는 병원 자주 안 가도 되게끔 만들어놔야지."
준호는 말없이 고개를 끄덕였다.
"그래, 맞는 말이지. 내년에는 대상포진도 맞아야겠다. 아들놈은 바빠서 연락도 뜸하고 이젠 내가 나를 챙겨야지."
"그렇지, 우리 나이 되면 예방접종이 보험보다 낫다니까."
기찬은 준호의 어깨를 툭 치며 일어섰다.

준호는 혼잣말처럼 되뇌었다.
"몸이든 마음이든 아프기 전에 챙겨야지."

찬바람이 뺨을 스치던 겨울 아침 준호는 커피 한 잔을 손에 들고 동네 공원을 거닐다 벤치에 앉았다. 그때 멀리서 누군가 준호를 알아보고 손을 흔들었다.
"어이 준호야!"
가까이 다가온 고등학교 동창 태섭이었다. 예전에는 운동 좋아하던 태섭이가 지금은 살이 빠지고 지팡이에 의지해 조심스레 걸음을 옮겼다.
"태섭이, 너 다리 왜 그래?"
준호가 놀라 묻자, 태섭은 헛웃음을 지으며 말했다.
"작년에 폐렴 걸렸다가 병원에 오래 있었어. 면역력 떨어지니깐 다리에 염증까지 오더라고. 퇴원했는데 아직 회복 중이지."
준호는 태섭 옆에 앉았다.
"미안하다. 난, 그런 줄도 몰랐네."
"뭘, 다 지나간 일이야. 근데 말이야. 우리 이제 정말 조심해야 해."
태섭이 손등을 매만지며 말을 이었다.

"혼자 사니까 감기도 무섭더라. 밤에 열나는데 119 부르긴 뭣하고 아침까지 참은 적도 있어."

준호는 무겁게 고개를 끄덕였다. 며칠 전 기찬과 나눈 대화가 떠올랐다.

"요즘 폐렴도 그렇고 대상포진도 보건소에서 다 해주더라."

태섭은 빙그레 웃었다.

"요즘은 건강이 최고의 친구야. 전에야 친구들 만나 술 한잔하는 게 즐거움이었지만 이제는 감기 안 걸리는 날이 고맙지."

준호가 종이 커피잔을 내려다보며 중얼거렸다.

"기찬이도 그러더라, 자존심보다 예방접종이 먼저라고."

둘은 벤치에 나란히 앉아 눈발 날리는 하늘을 올려보았다.

"우리 아프지 말고 건강하게 살자."

조용한 약속이 두 사람 사이에 생겼다.

며칠 뒤, 아침 일찍 준호는 따뜻하게 옷을 껴입고 동네 보건소를 향해 천천히 걸었다. 어깨에 낡은 가방을 메고 손에는 접힌 종이 하나를 들고 있었다.

[노인 폐렴 예방접종 무료-신분증 지참]

건물 안으로 들어서자 훈훈한 공기와 함께 노약자 전용 대기실이 눈에 들어왔다. 의자에 앉아 있는 사람들 사이로 준호도 조심스럽게 앉았다.

"처음이세요?"

옆자리에서 부드럽게 들려온 목소리에 고개를 돌리니 준호 또래의 여성이 환하게 웃고 있었다. 엷은 화장에 가지런히 묶은 머리와 깔끔한 옷차림이 보기 좋았다.

이름표엔 박윤희, 건강 상담사라고 적혀 있었다.

"예, 처음입니다. 폐렴 예방접종 받으러 왔어요."

준호가 수줍게 말했다. 상담사는 준호를 유심히 바라보다가 다정하게 말했다.

"잘 오셨어요. 요즘은 혼자 계시는 분들일수록 이런 거 꼭 맞아야 해요. 접종 후엔 좀 피곤하실 수 있으니, 집에 가셔서 푹 쉬시고요."

"네, 고맙습니다."

준호는 어색하게 웃으며 말했다. 마음 한쪽에 따뜻한 바람이 스쳤다. 접종을 마치고 복도에 나온 준호는 문득 돌아서서 상담사를 다시 바라봤다. 그녀는 다음 사람을 향해 똑같이 다정한 미소를 지었다. 준호는 이상하게 자신에게만 조금 더 다정하게 오래 머문 미소 같은 착각이 들었다. 그날 밤 준호는 오랜만에 다이어리를 꺼내 적었다.

〈오늘 누군가의 말 한마디가 내 어깨에 햇볕처럼 닿았다. 예방접종만 받고 나왔는데 마음이 덜 외롭다.〉

며칠 뒤 준호는 동네 주민센터에서 열린 건강 사랑방에 친구 기찬, 태섭과 함께 참석했다. 보건소에서 알림 문자를 받고 나서였고 이번 주 주제는 '혼자 살아도 건강하게 즐겁게'였다.
작은 마루방에 모인 열 명 남짓한 사람들 앞에 귤과 차와 음료가 놓였다. 그리고 건강 상식 진행자는 박윤희 수간호사였다.
"오늘은 혼자 사는 어르신에게 건강 팁을 서로 나누는 시간이에요. 누가 먼저 말씀해 주실래요?"
간호사의 말에 기찬이 손을 들었다.
"나는 이 친구 때문에 대상포진 예방접종 맞았어요."
기찬이 준호를 턱짓으로 가리켰다.
"이 친구 말 듣고 보건소 갔다가 상담사 아주머니가 나더러 혈압도 재보라 하고 심지어 안경 처방까지 해줬어! 하나도 무섭지 않더라고."
"맞아, 나도."
태섭이 덧붙였다.

"오히려 사람들 얼굴 보니 살 거 같더라고. 종일 말하지 않다가 간호사분하고 얘기하니까 기운이 나더라고."

준호는 쑥스러운 듯 웃었다.

"사실 나도 그날 상담사랑 얘기 조금 나눴을 뿐인데 집에 가는 길이 괜히 따뜻하더라."

"이제 너한테 커피라도 사야겠구먼."

기찬이 농담을 던지자, 방 안에 웃음이 퍼졌다. 그날 사랑방은 유난히 온기가 넘쳤다. 혼자 사는 노인들이지만 누군가와 연결되고 있다는 것은 잠시나마 활기를 불어넣었다.

모임이 끝나고 집에 돌아온 준호는 가방 속에서 작은 명함 하나를 꺼냈다.

[박윤희- 건강 상담사]

"괜찮았지. 오늘도."

그는 중얼거리며 커피포트에 물을 올렸다.

며칠 후 주민센터 사랑방에서 기찬과 태섭, 준호 셋이 바둑판을 두고 앉았다. 차를 마시며 이런저런 이야기를 하던 중 태섭이 갑자기 손을 움켜쥐더니 얼굴을 찡그렸다.

"태섭아, 왜 그래?"

준호가 급히 다가가자, 태섭은 가슴을 문지르며 힘겹게 말을 이었다.

"가슴이 좀 뻐근하네. 어제도 그랬는데 오늘은 더 심하네."

기찬이 눈이 커졌다.

"야, 이건 병원 가봐야 해. 그냥 넘기면 안 되는 거야. 119 부르자."

준호는 이미 휴대전화를 들었다.

"태섭아, 참지 마! 너 원래 아픈 티도 잘 안 내잖아. 이번엔 제대로 검사받아 보자."

몇 분 후 구급차가 도착했다. 태섭은 들것에 실리며 별거 아니니 괜찮다고 말했지만, 목소리는 떨렸다. 그의 손을 꼭 잡고 있던 준호의 눈엔 눈물이 맺혔다.

"바둑은 다음에 두자. 친구야, 꼭 이겨내."

그날 밤 준호는 혼자 앉아 태섭을 생각하며 다이어리를 꺼냈다.

〈노년의 병은 조용히 온다. 소리 없이. 우리가 준비되지 않았을 때 찾아온다. 태섭이는 늘 웃는 얼굴이다. 그래서 더 걱정이다. 건강은 혼자 지키는 게 아니란 걸 오늘 또 배웠다.〉

비가 부슬부슬 내리는 저녁이었다. 태섭이 입원해 있는 병원을 다녀온 준호는 퇴근 시간 만원 지하철에 섞여 멍하니 돌아오는 길이었다. 역 앞 아트센터 앞을 지날 때 유리문에 걸린 작은 포스터 하나가 눈에 들어왔다.

[가을, 당신에게 건네는 피아노- 정라미 독주회. 오늘 저녁 7시 3층 작은 콘서트홀]

이름을 보는 순간 준호는 두 번 눈을 깜빡였다.

"정라미, 설마?"

알 수 없는 마음에 발걸음은 아트센터 안으로 향했다. 계단을 천천히 올라 3층 문을 열자 작고 아늑한 공간이 펼쳐졌다. 이미 반쯤 찬 객석 무대 위엔 피아노 한 대와 조명이 불을 밝히고 있었다. 공연이 시작되었다.

첫 곡은 드뷔시의 달빛이 흘러나오자, 객석은 숨소리마저 조심스러웠다. 무대 위 조명이 여인의 옆모습을 밝혔을 때 준호는 확신했다.

정말로 라미였다. 세월이 흘렀지만, 피아노 앞에 앉은 그녀 모습은 단정했고 손끝에서 흐르는 선율은 시간 너머의 감정을 되살려냈다. 준호는 숨을 죽이고 음악을 들었다.

공연이 끝나고 사람들은 박수로 감동을 표현했다. 준호는 조용히 뒤돌아 나왔다. 그녀가 이미 자신의 마음을 알아버린 것 같은 기분이 들었다.

밖으로 나왔을 땐 비가 멎었다. 준호는 기분 좋게 우산을 접고 걸었다. 그 날밤 그의 다이어리에 짧은 문장이 남았다.

〈당신은 오늘 아무 말 없이 내 마음을 울렸다.〉

독주회가 끝난 다음 날 라미는 아트센터 로비에서 직원에게 불려 나갔다.
"선생님, 오늘 아침에 도착했어요. 이름은 없고요."
직원이 건네준 건 은은한 향이 퍼지는 꽃다발이었다. 하얀 리산셔스와 라벤더, 그리고 한 송이 파란 수국이 조심스레 포장지에 감싸있었다. 그 안엔 손 글씨로 적힌 카드가 한 장 있었다.
[당신의 피아노는 오래된 기억을 깨웠습니다. 고맙습니다.]
라미는 꽃을 바라보다가 미소 지었다. 수국의 파란색 꽃잎에서 떠오르는 누군가의 눈동자, 그리고 말없이 건네던 따스한 시선, 익숙한 느낌이었다.

라미는 피아노 앞에 앉아 '첫사랑 이별 후'를 연주했다. 그동안 꾸준히 독주회를 준비하려고 정성껏 무대에 올랐다. 객석에는 익숙한 실루엣 하나가 눈에 띄었다. 뒷줄 창가 근처 같은 자리에 앉아 있는 모자를 쓴 신사였다.

  처음엔 우연이었지만 두 번째, 세 번째는 알 수 없는 궁금증이 일었다. 관객의 얼굴을 자세히 보지 않았지만, 연주를 마치고 인사를 할 때 같은 자리에 앉아 있는 그림자 같은 관객이 있다는 걸 알았다.

  계절이 바뀌고 라미의 연주는 점점 깊어졌다. 준호의 자리엔 한 줄기 햇빛이 내려앉았다. 공연 연습이 끝난 뒤 그는 말없이 돌아갔고 라미는 그가 앉았던 자리를 한 번 더 바라보았다.

  연습을 마치고 무대에서 내려오던 라미는 무대 뒤 꽃다발 바구니 속에서 익숙한 꽃을 발견했다. 하얀 리산셔스와 라벤더, 그리고 파란 수국이었다. 그 순간 입가에 잔잔한 미소가 번졌다.

  "한결같은 당신이구나."

  그날 밤 준호는 다이어리를 펼쳤다.

〈당신 앞에 앉아 있는 것만으로도 나는 살아 있음을 느낀다.〉

  겨울, 독주회를 앞두고 있던 날 아트센터 게시판에 공지가 붙었다.

　[정라미 겨울 독주회는 건강상의 이유로 취소되었습니다.]
　준호는 아트센터에 들렀다가 안내 글을 발견했다. 순간 심장이 내려앉았다. 아무 말도 묻지 못하고 돌아서는 대신 공연이 열렸을 법한 시간에 공연장 앞에 조용히 앉았다.
　"라미 선생님이 쓰러지셨어요. 과로였데요. 혼자 계시다 늦게 발견됐데요."
　며칠 후 아트센터 관계자를 통해 들은 말이었다. 준호는 말없이 한참을 앉아 있었다.
　"혼자 계시다 늦게 발견됐다."
　관계자 말이 귓가에 맴돌았다. 다음 날 아침 준호는 꽃과 카드를 챙겨 병원 근처 카페 앞 벤치에 앉았다. 직접 건넬 수 없는 꽃을 준비했다. 작은 쪽지 하나를 끼워 넣었다.

　〈당신의 음악이 나의 겨울을 덜 춥게 만들었습니다. 부디 따뜻하게 회복하시길. 한결같은 관객으로부터.〉

　라미는 병실 침대에 앉아 쪽지를 읽으며 눈물이 차올랐다. 외롭지 않다고 믿었지만, 사실은 따뜻한 마음 하나가 그리워 견딘 시간이었다. 그녀는 꽃을 안고 중얼거렸다.

"한결같은 관객님, 당신을 기다려요."

 겨울이 가고 봄이 왔다. 병실 창밖엔 벚꽃이 흩날렸다. 라미는 퇴원하자마자 아트센터 연습실로 향했다. 건반 위에 손을 얹자 오래된 친구와 인사하는 것처럼 마음이 놓였다. 평소보다 오래 피아노를 연주했다.
 "이제 내가 찾아가야겠어."
 아트센터에 모자를 눌러쓰고 뒷줄에 앉던 남자 이름을 물었을때 모른다고 직원은 고개를 갸웃했지만, 라미는 웃었다. 어쩌면 스스로 찾아야 하는 사람일지 몰랐다.
 며칠 뒤 봄맞이 독주회를 준비하려고 아트센터 문을 나서던 라미는 정문 옆 벤치에서 익숙한 뒷모습을 발견했다. 오늘도 익명으로 꽃을 전하러 온 남자가 막 돌아서려던 순간, 여인의 목소리가 그를 불러 세웠다.
 "계속 뒷줄에 앉을 생각이세요?"
 준호는 천천히 돌아섰다. 그는 대답 대신 모자를 벗었다.
 "앞줄도 괜찮다면….."
 라미는 고개를 끄덕였다. 지금, 그녀가 눈앞에 있다. 지난 시절의 눈빛을 품고서. 준호는 조심스럽게 다가갔다. 발걸음 가득 설렘과 떨림이 묻어났다. 라미는 자신을 지켜보고 있던 준호를 맞이했다.

"라미….”

준호 목소리는 낮고 떨렸지만, 반가움이 넘쳐흘렀다. 입가에 놀람과 기쁨이 동시에 번졌다.

"준호씨….?"

라미는 천천히 다가갔다. 두 사람은 한동안 아무 말 없이 마주 선 채 서로의 얼굴을 바라보았다. 마치 시간이라는 강을 거슬러 올라가 젊은 시절로 되돌아간 듯.

"몇십만 년은 된 것 같네."

준호가 웃었다. 그의 눈가에 주름이 잡혔다.

"30년? 아니, 그보다 더 오래된 것 같아."

잊고 있던 감정이 서로를 감싸안으며 아트센터에서 두 사람만의 세계가 열렸다.

"정말, 몇십 년 만이야."

시간이 멈춘 듯, 아트센터의 소음이 사라졌다.

"지금 어디 살아?"

준호가 물었다.

"양재동. 당신은?"

"청계산 자락에, 남편은…?"

"이혼한 지 10년 됐어요."

"혼자 사는구나."
"부인은요?"
"암으로…. 천당으로 갈아탔어."
"그래요. 자식은?"
"아들 하나, 장가갔어. 당신은?"
"나도."
라미가 웃으며 말했다.
"앞으로 연락하며 지내요."
준호도 고개를 끄덕였다.
"가끔 만나서 밥도 먹고…."
"그래요."
두 사람은 같은 방향으로 천천히 걸었다. 벚꽃잎이 흩날리는 길 위로 두 발짝이 나란히 찍혔다.
라미는 여전히 예쁘고 그대로였지만 준호는 아련한 감정을 느꼈다. 사랑이란 누구의 소유도 아닌 서로의 마음을 이해하고 존중하는 것이 아닌가.
"라미."
준호는 조심스럽게 입을 열었다.
"네."
라미는 그를 바라보며 조용히 대답했다. 그녀의 눈빛은 평온했다.

"어디에 있든 나는 그저 당신의 행복을 바란다오."

라미의 눈가가 촉촉해졌다. 그리고 천천히 고개를 끄덕이며 미소를 지었다.

"고마워요."

준호의 가슴 속에선 집착이 아닌 깨달음이 자리를 잡았다.

늦은 밤 집으로 돌아온 라미는 현관문을 열었다. 조용한 60평형 아파트 안, 불을 켜지 않은 어둠 속에서 과거의 그림자가 반겼다.

"뭐지? 이건."

라미는 무심코 서랍을 열자 짙은 향냄새가 풍겨 나왔다. 검은 천 보자기 안에 빛바랜 부적과 흰 무명 치마저고리를 발견하고 손끝이 떨렸다. 엄마가 늘 잠가두던 방을 며칠 전부터 혼자 드나들다가 서랍을 열었다.

오래전 엄마의 기도 소리가 들리는 듯했다. 숨죽이며 방문 가까이에 귀를 대고 들었다. 촛불 흔들리는 방에서 엄마는 눈을 감고 웅얼거렸다.

"천신 명신이여. 내 딸의 눈을 가려주소서. 속세의 더러움으로부터 지켜주소서. 과거의 죄업은 나에게 돌리고 자식을 지켜주소서….”

심장 소리가 빨라지며 라미는 문을 열었다.

"엄마, 뭐 하는 거야?"

무명 저고리를 입은 엄마가 화들짝 놀라며 돌아섰다.

"너, 왔나?"

엄마의 눈동자가 흔들렸다. 두려움도, 분노도, 애절함도 아닌 이상한 광기였다.

"이제 너도 알아야 해. 우린 선택받은 사람이야. 넌 내 말을 안 들어서 모든 게 흐트러졌어."

라미의 머릿속이 하얗게 물들었다. 지금까지 엄마의 행동이 퍼즐처럼 맞춰지며 소름이 돋았다. 라미는 방 안에 들어가며 말했다.

"그동안 날 위한 기도인 줄 알았는데."

"그래서 밤, 낮 이렇게 빌잖아."

"이건 기도가 아니야. 두려움에 떠는 거지."

엄마는 라미 팔을 붙잡았다. 그 손아귀는 놀랍도록 힘이 셌다.

"너는 내 자식이야."

엄마의 강한 신념은 어디서 왔을까.

"이제 그만해."

방 안 공기가 싸늘해졌다.

"남자가 화근이야. 화근."

라미는 침묵으로 답했다. 엄마는 라미의 팔을 천천히 놓았다. 팔에 남은 보이지 않는 상처는 깊었다. 시간이 지나면 사라질 흔적이라지만 마음에 새겨진 자국은 영원히 사라지지 않을 것이다.

"그 남자도 널 떠날 거야. 네 고집이 너를 꽁꽁 묶은 거야."

"정말 무섭다."

상처가 쌓이며 빚은 두 개의 그림자가 맞섰다. 라미는 돌아서 방을 나왔다. 한 번도 등을 돌리지 않았던 엄마에게 등을 보이고 집을 나섰다.

"다시는 이 방에 오지 마라."

차가운 엄마 말끝은 가늘게 떨렸다. 라미는 별빛이 흐르는 밤하늘을 올려보며 혼잣말처럼 중얼거렸다.

"엄마도, 나도 누군가에게 의지하지 않고 살아야 하는데."

며칠이 지났다. 라미의 집에 벨이 울렸다. 문을 열자 정장을 입은 중년 여자가 키가 큰 젊은 남자와 무표정한 얼굴로 서 있었다.

"누구시죠?"

"보살님 따님 맞으시죠?"

정장 입은 여자가 말했다. 그녀의 눈빛은 매끈하지만 차가웠다.

"어머니께서 걱정이 많으셔요. 이 분은 천신 명신의 정찰담당자여요."

라미는 한걸음 물러섰다.

"무슨 일로."

"따님은 절대 못 벗어나요."

"그게 무슨 말이죠?"

"우린 통제합니다."

라미의 등골이 서늘했다. 숨을 삼킨 뒤 겨우 입을 열었다.

"그건 협박이에요."

"아뇨."

정장 여자가 고개를 저으며 말했다.

"배려입니다. 어머님이 끝까지 따님을 지키는 마음에서 나온 배려죠."

침묵이 흘렀다.

"엄마의 뜻을 따르세요."

그들은 돌아갔다. 현관문 닫히는 소리보다 뒤에 남은 공기의 울림이 더 크고 길게 들렸다. 라미는 방바닥에 주저앉았다. 엄마의 신앙은 단순한 믿음이 아닌 조직 체계였다. 체계에서 벗어나는 것은 배신이 되었고 다른 누군가에게는 제물이 될 것이었다.

라미는 가슴이 떨렸다. 그를 지켜야 할 분명한 이유가 생긴 순간 자신은 더 약해져야 할 것인지 강해져야 할 것인지 혼란스러웠다. 창밖에 어둠이 내려앉고 어둠 속에서 혼자 싸웠다.

라미는 가방을 내려놓고 혼잣말했다.
"그때는 무서웠을까?"
그때 현관문이 열리며 창수가 들어왔다.
"엄마, 무슨 일 있어요? 불도 안 켜고."
라미는 빠르게 불을 켰다.
"아, 그냥, 옛날 생각이 나서."
창수는 눈치챈 듯 고개를 끄덕였다.
"첫사랑요?"
창수의 목소리에는 걱정이 묻어 있었다. 뭔가를 꿰뚫고 있는 말투였다. 라미는 잠시 말을 잇지 못하고 불안전한 미소를 띠었다.
"너 혼자 온 거야?"
"와이프는 친구 만나러 갔어요."
창수는 잠시 머뭇거리다 물었다.

"혹시, 그 사람 다시 만나는 거예요?"
라미는 피하지 않았다.
"응, 다시 만났어."
"어쩌다가요."
창수는 한숨을 길게 내쉬었다.
"자연스럽게."
"그 사람, 옛날에 엄마 힘들게 했잖아요."
"그래, 그때는 우리가 다 힘들었지."
"다시 만나면 뭐가 달라져요?"
창수의 말에 억눌린 감정이 밀려왔다.
"근데, 그 사람을 다시 보니까 내가 살아있는 걸 느꼈어."
창수는 고개를 떨궜다.
"엄마가 다시 상처받을까 봐 싫어요."
라미는 아들의 손등 위에 자신의 손을 포개 올려놓았다.
"내 인생이야. 내가 선택하고 싶어."
창수는 고개를 끄덕이지도, 가로 젓지도 않은 채 엄마의 다른 모습을 본 것 같았다.

'지금까지 왜 그를 놓지 못했을까.' 라미는 질문을 삼켰다. '그건 선택할 수 없었던 거야.' 준호 목소리가 메아리 되어 울려오는 듯했다. 라미는 거실 소파에 앉으며 손끝으로 소파의

천을 가만히 쓸었다.

"왜 이렇게 먹먹할까?"

라미는 눈을 감고 깊은숨을 쉬었다. 누군가 말하지 않았나. 사랑은 시간과 공간을 초월한다고.

도시의 거리는 바쁘고 사람들의 발걸음이 쉴 새 없이 이어졌지만, 시간은 멈춘 듯했다. 긴 시간이 흘렀음에도 준호는 단정한 외모와 진지한 표정으로 한 편의 영화 속 주인공처럼 다가왔다.

라미는 준호와 약속한 장소에 도착했다. 작은 골목을 지나 차 한 잔의 여유를 즐길 수 있는 아늑한 카페였다. 카페는 조용하고 창문 너머로 보이는 야경이 아름다웠다. 외부의 소음과는 달리 이곳은 마치 세상과 떨어진 작은 세계처럼 평화로웠다. 주변을 둘러보며 그동안의 바쁜 삶 속에서 잠시나마 여유를 가질 수 있는 이 순간이 소중하게 느껴졌다.

"여기 정말 좋다."

라미는 고백하듯 말했다. 카페 한편 창가 자리에 앉은 라미는 따뜻한 물을 마시며 창밖을 물끄러미 바라보았다. 약속 시간보다 30분 일찍 도착한 준호가 그녀 앞에 앉아 있었다.

잠시 숨을 삼켰다. 그동안 묻어두었던 감정이 밀려드는 걸까. 시간이 지나면서 각자의 삶에 쌓인 흔적이 그들 사이에 흐릿한 벽을 만든 듯했다. 라미는 그와 마주한 눈빛에서 세월을 실감하듯 야릇한 감정이 피어올랐다.

"먼저 나와 있을 줄 몰랐어요."

그녀는 가볍게 미소 지었다. 재회 후 감정이 솟구쳤던 날과는 사뭇 다른 분위기였다.

"그땐 너무 반가워서. 오늘은 차분하게 보고 싶은 마음에."

그는 고개를 끄덕이며 더 깊어진 눈매의 라미 얼굴을 가만히 바라보았다. 말이 없어도 말을 걸어오는 듯한 오래전 그 눈빛이 아니더라도 낯설지 않았다. 아늑한 카페 분위기에서 서로의 마음을 조금 더 나눌 수 있을 것 같은 느낌이 들었다.

"지금 어떤 걸 제일 원해?"

준호의 질문에 어떤 대답을 해야 할지 몰라 망설였지만, 곧 대답했다.

"나는 이제…. 내 삶을 찾고 싶어요. 예전에는 누군가를 위해서 희생하며 살아가는 게 최선인 줄 알았는데 지금은 내 삶의 방향을 조금 더 분명히 하고 싶어요."

준호는 라미의 대답을 듣고 고개를 끄덕였다. 그동안의 삶에서 많은 것들을 놓쳤다고 느꼈다. 그는 잠시 침묵을 지킨 뒤 자신의 마음을 털어놓았다.

"나도 사실 그랬어. 가족을 위해서 누군가를 위해서 하루하루를 지나쳐왔던 것 같아. 이제야 비로소 내가 정말 원하는 게 뭔지 깨닫고 있어."

준호의 목소리에는 깊이와 결단이 묻어 있었다. 라미는 그가 옆에 있다는 사실이 너무나도 고마웠다.

"우리, 정말 많이 달라졌구나."

라미는 미소를 지었다. 준호도 부드럽게 웃었다.

"음…. 그래."

준호의 입꼬리가 올라가는 것이 똑같았다.

"이렇게 다시 만날 줄 몰랐어요."

"나도…."

라미가 말을 이었다.

"뭔가 운명 같은 느낌이 드네요."

"운명?"

준호가 아련한 눈길로 고개를 떨구었다.

"아무 일도 일어나지 않은 척하는 게 더 어려워요."

카페 안 음악 소리가 나지막이 깔리고 커피 내리는 기계 소리가 멀리서 들려왔다.

"커피 마실래?"

준호가 말했다.

"좋아요, 얘기도 길게 나누고 싶고. 우리가 이렇게 만난 건 이유가 있는 걸까요?"

라미는 고백하듯 준호에게 말했다.

"그건 우리 둘이 만들어갈 일이겠지."

준호가 말했다. 그는 여전히 기억 속 그때 그 남자였다. 카페 벽에는 오래된 책이 선반에 진열되어 있었고 은은한 조명이 따스하게 실내를 채웠다. 준호는 메뉴판을 들여다보며 말했다.

"다방 커피 어때?"

라미는 수줍게 웃으며 대답했다.

"좋아요."

"우리, 그때 자판기 커피 많이 마셨잖아."

"그때는 많은 걸 놓치기도 했어."

라미는 과거를 떠올리며 웃었다. 준호도 끄덕였다.

"그때는 서로 다르게 생각할 때가 많았지."

창밖으로 바람에 나뭇가지가 흔들렸다. 라미는 천천히 말을 이었다.

"우리가 다시 만난 이유는 아마, 오래된 바램 같아요."

그때 웨이터가 다가와 커피잔을 탁자에 내려놓았다.

"하고 싶은 말 있어요?"

라미는 약간의 기대가 섞여 있는 목소리로 물었다. 준호는 잠시 생각한 뒤 대답했다.

"천천히. 서두를 필요는 없을 테니까."

30년 전 사무실의 오후, 햇살이 길게 드리워졌다. 라미는 컴퓨터 화면을 바라보며 손가락으로 마우스를 조심스레 움직였다. 시선은 서류에 있는 듯했지만, 눈길은 맞은편 창가 자리에 앉아 있는 준호였다.

날카로운 눈매로 고개를 숙이고 키보드를 두드리고 있는 그의 얼굴을 라미는 가끔 훔쳐보았다. '오늘은 아침 인사를 했던가?'

"라미씨, 이거 복사해 줄 수 있어요?"

옆자리 김대리의 목소리에 정신이 돌아왔다. 라미는 고개를 끄덕이며 종이를 받아 들었고 프린터 쪽으로 향했다. 그 순간 준호와 눈이 마주쳤다. 라미는 고개를 돌렸지만, 준호는 웃으며 인사를 건넸다.

"안녕하세요."

"아, 네…. 안녕하세요."

짧은 인사에도 라미의 심장이 빠르게 뛰었다. 오늘 하루 중 가장 설레는 순간이었다. 프린터가 종이를 토해내는 동안 라미는 커튼 사이로 스며드는 햇빛을 바라보며 혼자만 알고 있는 마음을 조용히 다스렸다. '오늘도 말 한마디에 하루가 흔들려.'

오후, 네 시가 되었을 때 사무실 공기가 무거웠다. 피곤이 몰려오는 시간, 책상 위 커피잔이 하나둘 늘어났다. 라미가 차 준비실로 향했다. 무의식적으로 커피를 타던 손이 잠시 멈췄다. 커피 자판기 옆 누군가의 그림자가 먼저 있었다.

"아, 라미씨."

준호였다. 그는 커피가 채워지는 동안 라미를 바라보며 미소 지었다.

"커피 마시러 오셨어요?"

"네, 좀…. 나른하네요."

말을 마치며 커피를 타는 손이 살짝 떨렸다. 준호는 커피가 가득 찬 컵을 차 준비실 테이블 위에 내려놓고 말했다.

"오늘은 좀 바빴어요?"

질문이 또 왔다. 그가 말을 걸어주는 순간이 하루에 한두 번 있었을까. 라미는 순간적으로 심호흡했다.

"조금요. 자료 정리하다 보니까…."

그는 고개를 끄덕이며 말했다.

"라미씨가 정리해 준 지난번 회의 자료 덕분에 진짜 편했어요."

그런 걸 기억하고 있을 줄 몰랐다.

"감사합니다."

겨우 한마디를 하며 컵을 들어 조심스레 입을 댔다. 달콤한 믹스 커피가 입안을 채우는 중에도 그녀의 입꼬리는 살짝 올라갔다. 잠시의 정적이 지나가고 준호가 먼저 말을 이었다.

"오늘 저녁 회식 있는 거 아시죠?"

"네, 저는 좀 일이 있어서요."

사실은 그가 있는 자리에서 들뜨는 자신이 싫었다. 준호는 아쉽다는 듯 고개를 끄덕이며 말했다.

"아쉽네요. 얘기 좀 하려고 했는데."

라미의 가슴은 순간 철렁했다. '같이…. 얘기를?' 그가 방금 한 말이 진심인지 그냥 하는 말인지 알 수 없었다. 하지만 그의 말 한마디가 그녀를 흔들었다.

차 준비실 문을 나서며 라미는 잠시 걸음을 멈췄다. 하얀 커튼 사이로 기울어가는 햇살이 스며 들었다. 시간이 거꾸로 흐르는 것 같았다. 마치 처음 그를 보았던 그날로 돌아간 듯했다.

〈오늘도 내 마음은 말없이 커피 향 속에 녹아들었다.〉

회사 업무용 다이어리에 끄적였다. 그리고 라미는 조심스레 뜯어서 가방에 넣었다.

퇴근 시간이 가까워질 무렵 하나둘 코트를 챙기며 일어나는 사람들이 늘어났고 라미는 자리에 앉아 주변을 살폈다. 준호는 컴퓨터 화면을 들여다보다가 자리에서 일어나, 라미가 있는 쪽으로 다가왔다.

"이거 잠깐 봐줄 수 있어요?"

그가 들고 온 건 자잘한 숫자가 가득 담긴 그래프였다. 라미는 당황했지만, 얼굴에 티가 나지 않도록 애써 침착하게 받아들었다.

"이 부분 말씀이세요?"

"네, 숫자가 좀 안 맞아서요."

라미는 속으로 의아했다. '이건 뭐지?'

"잠시만요."

모니터에 파일을 띄우는 순간, 준호가 그녀의 어깨 너머로 화면을 들여다봤다. 라미는 숨이 막힐 듯 긴장했다. 그의 숨소리가 아주 가까이에서 느껴졌다.

"이거, 라미씨 아니었으면 저 혼자 한참 헤맸을 거예요."

준호 목소리는 감미로웠다.

"나중에 이 보고서도 같이 봐주실 수 있을까요?"

그가 말하자 라미는 고개를 들었을 때 준호와 눈이 마주쳤다. 그는 활짝 웃었다.

"네, 좋아요."

잠시 후 그가 덧붙였다.

"라미씨 하고 일하면 뭐든지 잘 풀릴 것 같아요."

라미는 자기 손끝이 가늘게 떨리고 있다는 것을 뒤늦게 알았다. 집으로 돌아가는 버스 안에서 차창 밖을 바라보며 마음 깊은 곳에 작게 움튼 설렘이 일었다. '그 사람도 나를 생각하는 걸까?'

같은 날 회식이 끝난 밤, 술잔을 나누던 자리에 웃음과 피곤이 엉켜 있었다.

"2차 가. 요기 앞에 괜찮은 곳이 있어."

선영의 눈은 취기가 돌았고 목소리는 들떴다. 남자 동기 중 한 명이었던 태환도 따라나섰다.

"야, 준호, 오랜만에 좀 풀어야지. 일만 하지 말고 놀자고 오늘은."

세 사람은 번화가 한쪽에 자리 잡은 나이트클럽으로 들어갔다. 쿵쿵 울리는 드럼 소리와 짙은 향수 냄새가 코를 찔렀다. 형형색색 조명 아래 사람들은 리듬에 몸을 흔들었다.

준호는 맥주잔을 들고 한쪽 벽에 기대섰다. 춤도 분위기도 어색한 광경을 바라보듯 어울리지 않는 옷처럼 느껴졌다. 그런 준호 앞에 선영이 다가왔다.

"한 곡만 추자."

느린 템포에 남자와 여자가 몸을 밀착하고 블루스가 흐르는 무대 쪽으로 손짓했다.

"나 준호씨와 춤추고 싶어."

준호는 당황한 눈빛을 띠었지만, 선영의 손이 먼저 그의 소매를 끌었다. 그녀의 손이 그의 손을 잡고 눈을 맞춘 채 움직였다. 사람들이 어지럽게 얽힌 무대 한쪽에 선영과 준호는 몸을 밀착시켰다.

준호 허리에 감긴 선영의 손에 힘이 들어갔다. 준호는 동작을 맞춰보지만, 몸은 조금씩 굳었다. 선영은 그의 어깨에 기대듯 낮은 목소리로 말했다.

"오늘은 나 좀 바라봐 줄래?"

준호는 눈을 감았다. 순간 스쳐 가는 얼굴이 있었다. 자신을 바라보던 맑은 눈동자와 그 눈을 억지로 외면하는 자신이었다.

"왜 나는 안되는 거야?"

선영은 준호의 셔츠 자락을 꼭 움켜쥐었다. 그는 그녀의 손을 잡아 내려놓았다. 눈빛에 단호함이 서려 있었고 슬픔이 깔린 듯 보였다.

"선영씨."

그는 한 발짝 물러나며 말했다.

"나, 만나는 사람 있어요."

화려한 조명과 음악 속에서 선영은 준호의 뒷모습을 바라보았다.

2주 후 금요일 오후였다. 사무실은 느슨한 분위기였고 회식 이야기가 여기저기서 들려왔다. 라미는 일찍 퇴근하려고 말없이 짐을 챙겼다.

"라미씨, 오늘 회식 꼭 오세요."

준호가 옆에 다가왔다. 짐을 챙기던 손을 멈추고 라미가 고개를 들자, 준호가 눈을 맞추며 서 있었다.

"지난번에 좀 아쉬웠어요."

그는 별 뜻 없어 보이는 얼굴로 덧붙였다.

"오늘은 얘기 좀 하고 싶어서요."

"일이 좀 있어서요."

말은 그렇게 했지만, 머릿속은 복잡하게 돌아갔다. 돌아서는 그의 뒷모습이 쓸쓸해 보였다. 라미는 무심한 척했지만, 마음은 요동쳤다. '그냥 인사치레일까? 그의 마음을 알고 싶지만, 알아버리면 숨을 곳이 있을까' 낙서를 지우고, 찢고, 쓰기를 반복했었다.

늦은 저녁 회식이 한창이었다. 술잔이 오가고 웃음소리가 뒤섞이는 시끌벅적한 자리. 라미는 구석 테이블에 앉아 조용히 고개를 끄덕이며 얘기를 들었다. 머릿속은 복잡했다. '괜히 왔나….' 그때 누군가 자리에서 일어났다.

"라미씨, 여기 앉으세요. 저 자리 바꿨어요."

준호였다. 그가 빈자리를 가리키며 말했다. 사람들이 별생각 없이 자리를 조정하는 사이 라미는 준호 옆에 앉게 되며 심장 소리가 조금씩 빨라졌다. 준호는 라미에게 술을 따라주며 말했다.

"라미씨는 소주보다 맥주죠?"

라미의 눈이 동그랗게 커졌다.

"제가 말한 적 있나요?"

"예전에 다른 테이블에서 들었어요."

그는 웃으며 대수롭지 않게 말했다. 라미는 괜히 목이 따끔거렸다. 무심한 듯 지나가는 말에 왜 이렇게 신경 쓰일까.

술자리가 오래될수록 주변은 점점 더 시끄러웠다. 라미는 준호를 의식했다. 그는 다른 사람과 웃으며 얘기하다가 불쑥 라미에게 말을 걸었다.

"지난번 보고서 정말 잘 봤어요."

사람들 눈에는 배려의 말처럼 보였지만 라미는 그 말에 의미를 붙였다. '나한테만 특별한 감정이 있는 걸까.' 회식이 끝나고 모두 밖으로 나왔다. 라미는 사람들과 인사 후 집 방향으로 걸었다. 그때 뒤에서 발소리가 따라붙었다.

"같이 걸어요. 방향이 같으니까."

준호였다.

집으로 돌아온 라미는 가방을 내려놓고 벽에 기댔다. 불을 켜지 않은 방은 어둡고 조용했다. 창문 사이로 흐릿한 가로등 불빛이 번져왔다. 눈을 감고 회식 자리를 떠올렸다. 준호의 알 수 없는 말과 그가 건네준 술잔. 조용히 따라 걷던 발걸음과 마지막에 잠시 마주친 눈빛을.

가만히 이마를 짚었다. '왜 자꾸 신경 쓰일까?' 속이 울렁거렸다. 술 때문인지 감정 때문인지 분간이 어려웠다. '이러면 안 되는데….' 그의 눈빛이 맑고 따뜻했다. 그저 회사의 친절한 직원으로만 받아들이기에는 마음을 끄는 무언가가 있었다.

라미는 방구석에 몸을 웅크렸다. 이불도 덮지 않은 채 무릎을 안고 앉았다. 혼자 있을 때면 마음이 더 솔직해졌다. 속마음을 숨길 필요도 감정을 눌러 담을 이유도 없었다. 그 사람을 바라보는 마음이 존경이나 친근함이면 좋겠는데….

"나 혼자의 감정일까?"

고요한 방 안에서 라미의 감정이 무르익었다.

다음 날 출근길 라미는 음악에 집중하지 않은 채 이어폰을 귀에 꽂고 있었다. 버스 창문 속에 비친 자기 얼굴에 눈길이 갔다. 어젯밤 잠을 설친 탓에 눈 밑이 부어있었다.

사무실에 도착하고 책상에 앉자마자 컴퓨터를 켰다. 모니터 속 숫자와 문자에 집중하려 애썼지만, 준호가 신경 쓰였다. 그가 의자에서 일어났을 때 자신도 모르게 고개가 그쪽으로 돌아갔다. '아, 왜 이래….' 고개를 화면으로 돌리며 자신을 다그쳤다. '일에 집중하자. 괜한 감정으로 사람들의 웃음거리가 돼서는 안 돼.'

점심시간 사람들이 삼삼오오 모여 밥 먹으러 나가는 중이었다.

"같이 가요."

고개를 들자 바로 옆에 준호가 있었다. 그는 여느 때처럼 평온했다. 그의 평온함이 오히려 혼란스러웠다. 라미는 일부러 밝게 웃으며 고개를 끄덕였다.

"네, 같이 가요."

식당에서 그는 앞접시에 반찬을 덜어주며 말했다.

"이건 좀 짠데. 이건 괜찮더라고요."

무심하게 건넨 말인데도 라미의 속마음은 요동쳤다. '아무 의미 없는 행동이야. 모두에게 친절한 사람이잖아.' 그녀는 일부러 눈을 마주치지 않으려 애썼다. 다른 이야기로 속마음을 덮었다.

퇴근 무렵 책상 위에 남겨진 분홍색 포스트잇 하나가 눈에 띄었다.

〈오늘 고생 많았어요. -준호-〉

라미는 가방을 메던 손을 멈추고 한참 동안 포스트잇을 바라보다가 업무용 다이어리 한쪽에 끼워 넣었다.

준호는 형광등 불빛 아래 혼자 늦게까지 남아 시선은 컴퓨터 화면에 집중했다. 일이 많아서였을까, 무엇에서 도망치듯 매달리는 건지 알 수 없었다. 손에 들고 있던 볼펜을 천천히 돌리다가 다이어리에 써놓은 글을 읽었다.

〈괜한 관심이려니 넘기려 해도 시선이 가고 신경이 쓰였다. 처음 신입 사원이었을 때 인사하며 웃는 그녀의 얼굴이 맑았고 업무를 배울 때도 조심스러웠다. 어느 순간부터 작은 말투 하나, 손끝의 동작. 무언가 꾹 눌러 담은 듯한 눈빛이 자꾸 생각났다. 일부러 무심한 척했던 이유는 가까워지면 그녀가 놀라서 도망갈 것 같았다. 그녀 마음을 자꾸 건드리는 것 같아 조심스러웠다.〉

준호는 마음이 무거웠다. 잠시 뒤 업무용 다이어리에 글을 적었다.

〈난 이렇게 아무 말도 못 하고 배려라고 하지만 조금만 더 다가가고 싶다.〉

몇 번이고 썼다 지운 글씨만 빼곡했다.

며칠 후 금요일 오후 사무실은 주말을 앞두고 어수선했고 사람들의 말소리는 평소보다 가벼웠다. 라미는 옆에서 들려오는 웃음소리에 신경이 곤두섰다.
"준호씨, 이거 봐?"
발랄한 목소리의 주인공은 준호와 선영이었다. 새로 발간된 디자인 잡지를 들고 선영은 준호 옆에 서 있었다.

"이런 스타일 좋아해? 요즘 흐름 잘 아네."

웃음소리에 라미는 손에 들고 있던 펜을 떨어뜨렸다. 허리를 숙여 주우며 혼잣말했다.

"괜찮아, 모두에게 따뜻한 사람이야."

그 순간 라미의 눈에 준호가 선영에게 무언가를 건네는 장면이 눈에 띄었다. 금박포장지로 둘러싸인 초콜릿이 들었을 거란 생각이 들었다.

"고마워."

곧바로 선영의 목소리가 또렷하게 들렸다. 라미는 갑자기 숨이 막혔다. 며칠 전 그가 남긴 포스트잇은 자신만을 위한 배려가 아니었나!

저녁 무렵 퇴근길에 라미는 준호와 마주치지 않으려고 버스 타이밍을 일부러 놓쳤다. 혼자 버스에 올라서 창밖을 보며 자기 손등을 어루만졌다. '나 혼자 착각일까.' 그날 밤 라미는 다이어리에 접어두었던 포스트잇을 꺼내 조각조각 잘게 찢어 쓰레기통에 넣었다.

월요일 아침, 사무실 공기가 낯설게 느껴졌다. 라미는 일부러 바쁜 척 사람들과 눈을 마주치지 않으려 애썼다.

"회의 자료는 영업부에 올렸습니다."

"확인하시면 사인만 부탁드릴게요."

준호는 라미의 말투에서 뾰족한 게 느껴졌다. 언제부터인가 라미는 자신에게 눈을 맞추지 않았다, 웃지도 않았고 사소한 농담에도 반응이 없었다. 점심시간이 되었을 때 밥 먹으러 가자고 말하는 직원들의 목소리에 라미는 고개를 저었다.

"저는 할 게 있어서요. 먼저 가세요."

준호는 마음이 불편했다. '나 때문인가?' 종이컵에 물을 따르며 생각했다. 며칠 전까지 웃던 얼굴이었는데. 지금은 얼음벽처럼 차가웠다. '회식 때 뭐가 불편했나? 아니면?' 그는 며칠 전 라미에게 보내지 못한 메시지를 떠올렸다.

괜히 참견처럼 보일까 싶어 망설였다. '선영한테 초콜릿 준 거 혹시 그게….' 생각이 거기까지 미치자, 준호는 갑자기 가슴이 답답했다. 알 수 없는 무거움을 떨쳐내려고 애꿎은 커피만 마셨다. 그리고 책상 넘어 라미를 멍하니 바라보다가 고개를 떨구었다.

수요일 오후 비가 내리는 사무실은 바쁘고 사람들은 커피를 마시며 일에 몰두할 때 희영의 자리에 있는 전화벨이 울렸다.

"라미. 내 책상 전화 좀 받아줘. 손님들이 회의실에 다 들어갔데."

희영은 손님 접대하러 회의실로 가면서 말했다. 라미는 수화기를 들었다.

"네, 총무부입니다."

"안녕하세요. 최준호씨 부탁드립니다."

"어디 신가요?"

"결혼정보회사인데요. 매칭 관련해 연락드렸어요. 이번 주 주말에 선 자리가 확정돼서요."

순간, 시간이 멈춘 듯 아득했다. 수화기 너머의 말이 머릿속에서 파도처럼 철썩거렸다.

"네? 누구를 찾으신다고요?"

"최준호 고객님요. 여성분 쪽 일정이 조율돼서요. 이 번호로 등록되어 있어서 연락드렸는데요."

라미는 기계처럼 대답했다.

"지금 회의에 들어갔어요. 내용 전달해 드릴게요."

수화기를 내려놓고 나서 머릿속에서 '준호' 이름이 메아리쳤다. '그가 다른 여자를 만나고 있다니!' 라미는 입술을 꽉 깨문 채 화장실로 달려갔다. 혼자만의 좁은 공간에서 거칠게 숨을 몰아쉬었다.

"그래, 내가 아닌 거야."

입으로는 그렇게 말하면서 심장은 거세게 쿵쿵 뛰었다. 그가 다른 사람을 만나려고 하는 사실을 확인하고 처참하게 반응했다. 양손으로 얼굴을 감쌌다.

  며칠 뒤 준호가 라미 책상 앞에서 멈췄다. 그의 목소리가 평소보다 조금 낮고 진지한 느낌이었다. 라미는 의도적으로 눈을 피했다. 그런데 준호는 아랑곳하지 않고 천천히 말했다.
"잠깐, 이야기할 수 있을까요?"
라미는 긴장했지만, 표정은 무덤덤했다.
"무슨 일인가요?"
"최근에 나한테 뭔가 오해하는 거 같아서 이렇게 지나가면 어색할 것 같아서요."
커피 자판기 앞에서 준호는 긴장한 표정으로 말했다. 평소와 다른 느낌의 모습이었다.
"선영씨가 보고 있을 텐데요?"
라미는 목소리 톤을 조금 높였다. 그런 모습이 자신도 낯설게 느껴졌지만 멈추지 않았다.
"그게, 나도 모르겠어요."
준호가 머뭇거리며 대답했다.
"그냥 솔직하게 말하세요."
라미는 준호를 바라봤다. 그가 예전처럼 가볍게 웃지 않았다. 자신을 바라보는 그의 눈빛에 라미는 숨이 막혔다.
"!…."
준호가 잠시 숨을 고르고 말문을 열었다.
"나중에 후회할 것 같아서…."
머뭇거리던 준호는 말을 이었다.
"선영씨가 다가오는 것도 나한테는 모두 부담이었어요."
라미의 손끝이 가늘게 떨렸다.

주말 오후 라미는 초등학교 동창 은주와 만나기로 약속한 카페에 갔다. 비가 그친 후 하늘은 맑았다. 은주는 먼저 와서 앉아 있었고 라미는 자리를 잡고 앉으며 말했다.
"오늘 조금 피곤해. 어제 일이 좀 많아서…."
"지친 거 같아 보여."
은주는 웃으며 라미를 바라봤다.
"오늘은 좀 편안하게 놀아야지."
라미는 고개를 끄덕이며 커피를 한 모금 마셨다. 그때 문이 열리며 한 남자가 들어왔다.
"어, 민수!"
라미의 초등학교 동창이었다. 최근 그의 회사가 가까운 곳으로 옮겨와서 자주 만나게 되었다. 민수는 라미를 보고 반갑

게 다가오며 말했다.

"어, 라미 여기 있었구나."

그가 옆자리에 앉으며 웃었다.

"은주랑 만나기로 한 거야? 나도 끼어도 돼?"

"능청스럽기는, 네가 만나자고 했잖아."

은주가 민수에게 핀잔해주었다.

"응, 같이 앉아도 돼."

민수는 자연스럽게 다가왔고 라미는 그의 따뜻한 배려와 유머에 조금씩 마음이 편안해졌다. 민수가 가까운 곳에서 일하는 바람에 점심을 함께하기도 하고 퇴근 후 저녁을 함께 먹었다.

"요즘 많이 피곤해 보여. 괜찮아?"

민수는 라미를 걱정하며 물었다.

"아무리 바빠도 네 몸이 제일 중요하지."

라미는 가슴이 뭉클했다. 자신이 얼마나 힘들었는지 민수에게 기대고 있었다.

사무실을 나서며 준호는 라미를 떠올렸다. 그녀가 다른 사람과 함께 있는 모습을 떠올리며 마음이 불편했다. 준호는 자신도 모르게 가슴을 움켜쥐며 한숨을 내쉬었다. '왜 이렇게 신

경이 쓰이지? 대체 뭐지 이 감정은?'

라미에게 보낼 편지를 몇 번이나 손끝에 올렸다가 내렸다가 했지만 보내지 못했다. 그가 전하려는 감정은 갈 곳을 잃고 마음이 점점 더 복잡해졌다.

라미에게 어색하게 말을 걸었다.

"요즘, 좋은 사람 만나요?"

라미는 당황한 듯 미소를 지으며 대답했다.

"그냥요."

준호는 말을 잇지 못했다. 자신도 모르게 불안한 감정이 자라나고 불안은 갈수록 커져 자신을 붙잡으려는 듯했다. '왜 이렇게 신경 쓰이지?' 마음을 어떻게 표현해야 할지 모르고 감정은 더욱더 꼬였다.

며칠 뒤 민수와 저녁을 먹고 나왔을 때 영화 보자고 하는 민수의 말에 라미가 말했다.

"미안, 오늘은 좀 피곤해서 안 되겠어."

민수는 실망한 표정을 지었지만 금세 웃으며 고개를 끄덕였다.

"알았어. 다음에 꼭 보자."

라미는 집으로 돌아오면서 생각에 잠겼다. 왜 이렇게 마음이 복잡할까? 민수와 함께 있을 때 준호 모습이 떠오르는 자신이 혼란스러웠다. 그때 라미를 부르는 목소리가 들렸다. 라미는 놀라며 돌아섰다. 준호가 조금 거리를 두고 서 있었다.
"라미씨."
라미는 고개를 돌려 발걸음을 멈췄다. 준호는 한 걸음 더 다가갔다.
"잠깐, 얘기 좀 할 수 있을까요?"
"어쩐 일로?"
라미는 떨리는 목소리로 물었다. 준호는 단호하게 말했다.
"할 말이 있어서요."
그의 목소리에는 진지하지만 흔들리는 느낌이 묻어났다.
"그래요."
길 한쪽에 있는 벤치에 앉았다.
"사실, 그동안 말할 기회를 찾지 못했어요."
라미는 그의 얼굴을 살폈다.
"처음 본 순간 나도 모르게 끌려들었어요. 그 순간이 머릿속에서 지워지지 않아요."
준호 말에 라미는 말을 잇지 못했다. 준호는 천천히 말을 이었다.
"내 마음을 다잡으려고 애썼지만 힘드네요."

라미는 어딘가 모르게 감정이 얽히는 느낌이었다.
"하지만."
"하지만, 라미씨에게 내가 어떤 감정을 가졌는지 그냥 넘기지 않겠다는 마음으로 이제야 말을 꺼내는 겁니다."
고백에 대한 답을 내지 않기로 결심한 듯 고개를 돌렸다.
"나도 아직 확신이 없어요."
준호 얼굴에 실망한 기색이 스쳐 지나갔다.
"괜찮아요. 다만 나는 이런 마음을 숨기지 않겠다고 결심한 거니까요."
준호는 한걸음 물러섰다.

라미는 짐을 싸며 몇 번이나 고개를 갸웃했다. 민수가 보낸 여행 일정표엔 한적한 바닷가 마을의 힐링 여행이라고 적혀 있었지만 예약한 숙소는 커플 전용 펜션이었다. 이상한 기운을 느끼며 물었을 때 민수는 태연히 웃었다.
"누가 보면 부부인 줄 알겠지만 뭐 어때?"
"뭐? 어때라니? 너 진짜…."
민수가 건넨 웃음에는 늘 어떤 허점 같은 따스함이 있었다. 그 허점을 라미는 거절하지 못했다. 여행 첫날 밤 펜션 앞 바다를 바라보며 민수가 말했다.

"사실 이 여행…. 너랑 단둘이 있는 시간이 필요했어. 네가 나한테 점점 멀어지는 것 같았거든."

"그래서 속였어? 이건 협박이야."

"그래, 인정할게. 근데 한 번만 이번 한 번만 나랑 같이 있어 줘."

라미는 대답 대신 조용히 바다를 바라봤다. 파도는 말없이 밀려왔다가 물러났다. 그렇게 오래도록 둘은 앉아 있었다.

둘째 날 아침, 민수가 느닷없이 무릎을 꿇었다.

"라미야, 결혼하자. 내가 널 속이기도 했고 바보 같기도 했지만 나, 너 없이는 안 되겠어."

"미쳤어? 이런 식으로?"

라미는 당황했지만 웃음이 새어 나왔다. 긴장한 민수의 표정이 퉁명스럽지만, 진심이 묻어나는 눈빛이었다.

"그래, 좋아. 결혼하자. 바보야."

민수는 벌떡 일어나 그녀를 끌어안았다. 파도 소리 위로 두 사람의 웃음이 퍼져나갔다.

하객들의 박수 소리가 예식장 천장을 울렸다. 라미는 하얀 웨딩드레스를 입은 채 뿌연 안개 속을 걷는 기분으로 신랑, 신부 입장 통로를 걸었다. 팔짱 낀 민수의 팔은 무겁고 딱딱했다.

'이게 뭐지? 왜 내가 지금 여기에 있는 거지?' 며칠 전 여행지에서 돌아온 후 라미의 삶은 이상하게 흘러갔다.

  라미는 마트에서 장을 보고 오던 길이었다. 얇은 블라우스를 여미며 골목 모퉁이를 돌았을 때 누군가와 마주쳤다. 순간, 라미는 숨이 멎을 뻔했다.
  준호였다. 그는 라미보다 먼저 알아봤는지 짧게 숨을 들이켰다.
  "라미씨?"
  이름을 부르는 목소리. 낯설게 멀어진 시간이 단숨에 가까워졌다.
  "잘 지내요?"
  그의 눈빛은 그때처럼 깊었다.
  "뭐 그냥, 그렇게 지내요."
  라미는 손에 든 장바구니를 다시 쥐어보지만, 손가락이 덜덜 떨렸다.
  "이 근처에 살아요?"
  "네."
  말을 꺼내는 데 오래 걸리지 않았지만, 목소리가 작았다. 준호는 고개를 끄덕이며 눈길을 피했다.

"그래요…."

말끝을 흐리며 그는 더 말하고 싶은 눈치였지만 그러지 않았다. 짧은 정적이 흐르며 두 사람 사이에 바람이 불어와 머리카락을 날렸다.

"행복했으면 좋겠어요."

준호는 조용히 속삭이듯 말하며 돌아섰다. 라미는 그의 뒷모습을 오래도록 바라보았다.

"결혼한다고?"

친구들은 놀라움을 감추지 못했다. 준호는 그저 무심한 듯 맥주잔을 들이켰다.

"한 달 됐어. 만나본 지."

"중매라며? 소개팅도 아니고?"

"괜찮은 사람이야. 조용하고…."

그는 입꼬리를 비틀어 올렸다. 웃음 같았지만 웃음이 아니었다.

며칠 전 골목 어귀에서 라미를 만난 이후 준호의 마음속 무언가가 무너져 내렸다. 피하지 못한 눈빛과 떨리는 목소리로 준호를 찢어놨다.

"그럼, 너 진짜 결혼할 거야?"

"응, 이미 상견례도 끝났어. 다음 주에 식장 잡으러 가."

그는 혼자 남은 자취방 원룸에서 커튼을 걷자, 햇빛이 쏟아졌고 그 빛이 고스란히 사진 위에 떨어졌다. 책장 틈에 끼워둔 오래전 라미와 함께 찍은 흑백 사진. 사진을 꺼내 찢지도 버리지도 못한 채 그냥 두었다.

다음 날, 그는 예비 신부 유진과 예식장을 둘러보았다.

"이거 어때요?"

유진은 자기가 고른 웨딩드레스 사진을 보여주었다.

"좋아 보여요."

준호는 고개를 끄덕였다. 행복해도 되는 걸까. 미련이라는 그림자를 더는 마주하고 싶지 않았기에 누군가를 사랑하지 않아도 함께 사는 삶이 더 나을 수도 있다는 자포자기 속에서 혼잣말처럼 중얼거렸다.

"사랑, 아무것도 아니야…."

"준호씨가 결혼 한대, 급하게 정해진 결혼식이라 조용히 치른다는데. 깜짝 놀랐어."

희영은 라미에게 누군가의 사연처럼 들려주었다. 그 순간 라미의 심장이 멎은 듯했다. 커피잔이 손에서 미끄러졌고 바닥에 떨어지며 요란한 소리를 냈다. 라미는 아무 말도 하지 못한 채 얼어붙은 듯 가만히 앉아 있었다. 머릿속으로 수없이 되뇌었다.

"결혼…. 한다고?"

눈앞에 준호 얼굴이 떠올랐다. 골목 어귀에서 마지막으로 행복했으면 좋겠다는 말 그건 진심이었을까. 아니면 작별의 인사였을까.

라미는 숨이 막혀왔다. 창문을 열었지만 차가운 바람조차 마음을 식혀주지 못했다. '괜찮아, 나도 결혼했잖아. 그래, 나도 이미 누군가의 아내잖아.'

자신에게 말했지만, 눈물이 한줄기 흘렀다. 준호가 다른 사람의 손을 잡고 미소 지을 장면이 머릿속을 아프게 가득 채웠다.

그날 밤 라미는 불을 끄고 누웠지만 좀처럼 잠들 수 없었다. 눈을 감으면 떠오르는 건 골목에서의 짧은 재회와 그 뒤로 이어지지 못한 이야기들이었다.

30년 세월이 무색했다. 카페 창가에 어둠이 짙게 내리고 중년의 준호와 라미는 커피잔을 마주하고 오래된 친구처럼 편안한 이 순간이 새로웠다. 오랜 세월을 지나 다시 만났지만, 시간 가는 줄 모르고 두 사람은 생각에 잠겼다. 조금 더 솔직해

지기로 마음먹은 라미가 오래된 상처를 꺼내듯 혼잣말처럼 말했다.
"그때는 잘 몰랐어요."
"그래요…."
"준호씨는 그 시절 내 생각을 존중해주었죠?"
준호는 쓴웃음을 지었다.
"그랬지."
그의 목소리에는 미안함과 후회가 섞였다. 자신이 부족했던 시절이 있었음을 인식하는 듯했다.
"서로 다른 방식으로 사랑을 표현하려고 했던 것 같아요."
준호는 진지한 얼굴로 말했다.
"라미, 사실, 난 후회하고 있어요. 사람들 눈, 집안, 내 앞날까지 생각하다 보니 어느 순간."
준호는 말을 멈추고 눈을 감았다. 그의 모습이 라미에게 깊은 감정을 자극했다.
"그럼?"
라미는 조심스럽게 물었다.
"사람들이 우리 사이를 뭐라 해도 좋아. 가족이 반대해도 과거가 날 따라와도 괜찮아. 이제는 그런 것에 휘둘리지 않아."
"정말, 괜찮을까요?"

준호의 눈에는 진심이 담겨있었다.
"숲이 우거진 곳일지라도 오솔길을 내듯이 자주 만나서 더 많은 대화를 나누고 싶어요."
쑥스러운 듯 준호는 미소를 지으며 말했다.
"좋아요."
눈물방울이 먼저 떨어졌지만 라미는 웃었다. 바람은 여전히 창밖을 흔들었다. 카페를 나서는 두 사람의 그림자가 길게 겹쳤다.

두 사람은 서로의 일상에 자연스럽게 녹아들며 생각과 감정을 털어놓았다. 초저녁 어둠이 내려앉은 어느 날 라미는 준호에게 말했다.
"오늘은 뭘 할까요?"
"어디로 떠날까?"
라미는 눈을 반짝이며 말했다.
"어디든 좋아요."
"그럼, 특별한 곳으로 가자구."
라미는 설렘으로 가득 차올랐다.
"특별한 곳이라니…."
준호는 조용한 카페를 찾아가겠다고 말했다. 그곳은 사람들이 적고 아늑한 분위기 속에서 대화를 나누기에 딱 좋은 곳이라고 덧붙였다.

그들이 도착한 곳은 정원이 있는 카페였다. 생각했던 것보다 더 아늑하고 편안한 분위기였다. 바람은 살짝 불고 하늘은 구름이 흩어지며 점점 어두워졌다. 카페 안은 조용하고 차분한 음악이 흘러나왔다.

한쪽 벽에는 벽화가 그려져 있고 벽화를 따라 잔디밭이 펼쳐져 있었다. 한적한 정원의 중심에는 오래된 나무 한 그루가 여전히 푸르게 자리 잡았다.

준호는 라미 손을 잡고 나무 아래를 걸었다. 손끝에서 따뜻함이 전해졌다. 조용한 분위기에서 서로의 존재를 더 깊이 느꼈다.

"이곳이 내가 좋아하는 곳이야."

"평화로운데요?"

"가끔은 이런 곳이 그리워져."

준호는 나무 아래 벤치에 앉으며 말했다. 라미는 준호 옆에 앉았다. 아무 말 없이 나무 아래에서 시간을 보냈다. 바람이 잔잔하게 불어와 나뭇잎들이 부드럽게 흔들렸다.

"현실 맞지요?"

"앞으로 내가 사랑하는 사람과 내 모든 걸 나누고 싶어. 내가 얻은 것들을 함께 나누면서."

준호의 말은 간결하지만, 진심이 깊게 전해졌다.

"여기 정말 편안하네요."

"응, 여기는 사람들이 많지 않아서 마음이 편해져요. 가끔은 이런 공간이 필요하잖아요."

오랜만에 준호는 화실 문을 열었다. 기름 물감, 마른 캔버스, 그리고 오래된 나무틀 냄새가 깊숙이 스며들었다. 벽 한쪽에 기대어 둔 캔버스들과 그리다가 멈춘 듯한 그림들, 미처 완성하지 못한 여자의 옆모습이 보였다.

붓을 들기 전에 라미의 눈빛을 떠올렸다. 예전처럼 강렬하지는 않았지만 깊은 눈매였다. 그리고 조용히 팔레트를 들고 색을 섞었다. 붓을 들고 한참을 움직이지 못했다.

캔버스를 바라보며 숨을 고르듯 천천히 팔레트를 내려다봤다. 며칠 전 라미와 만남 때문일까. 하얀 물감 위로 붉은 계열의 색을 묻히다가 멈췄다. 그날, 라미는 말을 아꼈지만, 눈으로 말했다. 모든 것을 잊은 듯 여전히 그 시절에 머물러 있는 사람처럼.

조심스럽게 붓을 들어 오래전 그리다 만 여자의 옆 모습 앞에 섰다. 한 획, 한 획, 부드럽고 조심스럽게 숨결을 따라

그렸다.

  고요한 화실 안에서 부드러운 햇살이 그림 위로 퍼졌다. 그는 이따금 물러서서 전체를 바라봤다. 그러다가 다시 다가가 여자의 눈매를 조금 더 부드럽게 매만졌다. 마치 여자에게 말을 거는 듯한 모습으로.

  붓을 내려놓았을 땐 창밖으로 새벽바람이 들어왔다. 그는 이제야 자신의 진짜 이야기를 시작할 수 있을지도 모르겠다는 생각이 들었다. 그림을 조심스럽게 천으로 덮었다. 그리고 전화를 걸었다.

  "여보세요."

  잠에서 깨어난 듯한 나직하게 들리는 라미 목소리였다.

  "라미, 화실에 초대하고 싶어요."

  "좋아요, 가고 싶었어요."

  화실의 아침, 햇살이 유리창 틈 사이로 들어와 먼지가 부유했고 벽에 기대어 놓은 그림들이 고요하게 잠들어 있는 듯했다. 준호는 창문을 열어 바람을 안으로 들였다.

  이른 새벽 전화기 너머 라미 목소리가 귓가에 남아 속삭이던 그때였다. 톡톡톡. 노크 소리에 문을 열자 긴 머리를 반쯤 묶고 연한 베이지색 코트에 밝은 표정의 라미가 서 있다.

  "방해 아니죠?"

화실에 들어온 라미는 내부를 천천히 둘러봤다. 준호는 천으로 덮어둔 그림 쪽으로 라미를 이끌었다.

"이거, 어제 그린 건가요?"

"아니."

조용히 천을 걷으며 준호가 말했다.

"오래전부터 그리던 거였어. 드디어 어제 새벽에 완성했어."

그림을 본 라미는 말이 없었다. 그림 속 여자는 창 너머 흘러들어오는 빛을 받아 어딘지 모르게 외로워 보였지만 아름다웠다. 라미는 한참을 그림 앞에 서 있었다.

"선물하려고."

"나한테 주려고 했던 거에요?"

라미는 그림에서 눈을 떼지 않은 채 말했다.

"고마워요."

한 발짝 다가가 그림을 쓰다듬었다. 그림 앞에 한참을 서 있다가 돌아서며 말했다.

"다방 커피 주세요."

준호는 고개를 끄덕였다. 전기포트와 머그잔 두 개를 준비하고 익숙한 손놀림으로 커피를 타서 테이블 위에 올려놓았다. 커피를 한 모금 마신 라미는 눈을 감았다.

"참, 오랜만이야. 아무 말 안 해도 편안한 느낌."

준호의 눈빛이 더욱 부드러워졌다.

"말보다 숨소리가 위로되는 순간이 있지요."

"옛날에 우리 글쓰기로 했잖아요? 일기 같은 거 아직도 써요?"

테이블 한쪽에 층층이 쌓인 다이어리를 보며 그녀가 물었다.

"응, 다이어리에 메모하는 습관이 있지."

그녀가 손을 내밀어 다이어리를 셌다.

"세다가 날새겠어."

화실에 햇살이 부드럽게 번지고 두 사람은 마주 앉지도 딱 붙어 있지도 않았다. 라미는 테이블 의자에 앉아 사과를 깎고 준호는 바닥에 앉아 레코드판을 고르며 말했다.

"이런 거 듣는 사람 있을까?"

"여긴 잘 어울려요. 옛날 멜로디가."

그녀가 말했다. 그는 씩 웃으며 깎은 사과를 접시에 담아 앞에 놓는 라미에게 말했다.

"전에는 음악도 배경일 뿐이었는데 이제는 현실이 되었어."

잠시 후 라미는 테이블 옆에 놓인 붓을 바라보다가 손을 뻗었다.

"이거 잡아봐도 돼요?"

준호는 대답 대신 붓을 건넸다. 작은 캔버스 앞에서 라미는 가볍게 붓끝을 움직였다.

"나, 이렇게 붓 들어보는 거 처음이야."

"생각보다 잘 잡는데."

"어쩌면, 음악이랑 비슷한가 봐. 속으로 그려놓고 손끝으로 꺼내는 느낌."

그림이 되지 않아도 좋았다. 붓을 잡은 손은 움직이고 그걸 바라보는 준호의 마음이 흐뭇했다.

"오늘은 이대로 있어도 좋을 것 같아요."

하루해가 저물어 갈 때 두 사람은 나란히 창가에 섰다. 창밖 골목 끝에 건물 벽을 타고 석양이 번졌다. 도시의 소음도 하루의 분주함도 흐릿하게 들릴 뿐이었다.

"오늘 하루 참 이상하지? 별일 없는데 뭔가가 가득 채워지는 느낌이야."

준호는 고개를 끄덕였다.

"오래 비워진 자리에 마음이 돌아와서일거야."

서로를 바라보는 눈동자 속에 붉은 노을빛이 반사되었다. 창밖에 가로등이 하나둘 켜지고 정적이 흘렀지만, 어둠은 두렵지 않았다. 라미는 비운 머그잔을 탁자에 내려놓고 일어났다.

"가봐야겠어요."

준호는 대답 대신 문 쪽으로 걸어갔다. 라미가 외투를 걸치는 동안 문을 열어두고 밤공기를 마셨다. 문을 나서는 라미의 뒷모습에 준호가 나직하게 말했다.

"언제든지 와요."

"그럼요, 그림 혼자 보기 아깝지요."

"아직 그리다 만 그림이 있어요."

라미는 고개를 끄덕이고 천천히 걸음을 옮겼다. 가로등 불빛이 그녀의 그림자를 길게 늘였다. 준호는 긴 그림자가 골목어귀 저편으로 사라질 때까지 오래도록 서 있었다. 그날 밤 화실 문은 닫지 않았다.

집으로 돌아온 라미는 깜짝 놀랐다.

"엄마, 애인 생겼어요?"

주방 식탁 의자에 며느리 은지와 함께 앉아 있던 창수가 불쑥 말했다. 라미는 예상하지 못한 순간 발걸음이 멈췄다.

"연락도 없이 어쩐 일이냐?"

"볼일이 있어서 왔지."

"무슨 볼일이야?"

세 사람은 주방 의자에 마주 앉았다.

"어머니가 어떤 할아버지하고 포옹하는 것을 본 사람이 있데요."

은지가 눈치 보며 말했다.

"간섭하지 마라."

"그 사람하고 재혼이라도 하겠다는 거예요?"

창수는 손에 쥔 스마트폰을 내려놓고 깊게 한숨을 쉬었다. 불편함을 참으려는 얼굴로 이어 말했다.

"엄마 때문에 이민 가서 살고 싶다고요."

"뭐라고?"

"어머니, 자식 입장도 생각해 주세요."

"내 사생활에 간섭하지 말아라."

"엄마 마음대로 하겠다는 거죠. 알았어요."

라미는 입을 꾹 다물었다.

"오늘은 안 되겠네요. 일어나요. 집에 가요."

창수하고 은지는 현관문을 열고 나갔다.

"어미의 허전하고 쓸쓸한 심정을 너희들이 알겠니."

쓸쓸한 표정으로 라미는 혼잣말했다.

한 달 후 정원 카페에 들어서자 주인아주머니가 반가운 얼굴로 다가왔다.

"어머, 두 분 부부세요?"
두 사람은 동시에 눈이 커지며 웃었다.
"아직은 아니에요."
라미가 웃으며 대답했다.
"아직은?"
아주머니가 눈을 동그랗게 뜨며 장난스럽게 되물었다.
"부부로 보이지요?"
준호가 말했다.
"아주 잘 어울리는 부부로 보여요."
"사람들이 우리를 부부로 보는 거 나쁘지 않아요."
"나도."
창가 자리에 앉아서 바람이 불자 라미가 스카프를 여미려고 할 때 준호가 먼저 손을 내밀어 스카프를 매만져 주면서 진지한 얼굴로 말했다.
"라미, 나랑 결혼해 줄래요?"
라미는 잠시 숨을 고르더니 대답했다.
"나도 당신이 내 옆에 있기를 원해요."
더 이상 과거에 흔들리지 않고 미래를 함께 만들어가기로 결심했다. 과거의 아픔을 뒤로하고 새로운 길을 가겠다는 결심을 굳히며 서로의 손을 잡았다.

진열장 너머로 반짝이는 반지들이 조명을 받아 유리 위로 빛을 뿜어내고 있었다. 라미는 반지 하나를 가리키며 가게 주인과 가격을 흥정하고 옆에는 준호가 손을 뒤로 꺾은 채, 미소를 머금고 서 있었다.

"커플 반지로 많은 분이 선호하는 제품이에요."

  가게 주인은 익숙한 말투로 설명했다. 준호는 주인의 말을 뒤로하고 라미에게 반지를 건넸다.

"어울리네."

  라미는 웃으며 반지를 손가락에 껴보았다.

"당신도 껴봐요."

  준호도 반지를 끼우며, 손을 들어 서로의 손가락을 바라보았다. 반짝이는 은빛 띠가 예뻤다.

"잘 어울리십니다."

  주인 말에 준호는 다시 말했다.

"목걸이도 걸쳐봐요."

  그는 조심스럽게 목걸이를 들어 라미의 목에 걸어주었다. 금속의 차가운 감촉과 함께 따뜻한 손길이 스며들었다.

"선물 고마워요."

  라미가 낮게 말했다. 준호는 눈을 반짝이며 말했다.

"오늘이 우리가 못 이룬 사랑의 꿈을 완성한 날이야."

라미는 부드럽게 웃었다.
"남은 시간, 알콩달콩 지내요."
"천국 갈아탈 때까지 사랑하며 살아."
"인생 마무리를 멋지게 해용."
"그래요. 하하하!"
"호호호!"
거리의 소음 속에 두 사람의 웃음소리는 크게 울려 퍼졌다. 세월을 돌아 다시 맞닿은 마음은 누구보다 젊고 순수했다.

4장 가족이라는 그림자

사랑보다 오래 남는 건, 때로는 이해하지 못한 마음이다

4장 가족이라는 그림자

어스름한 저녁 무렵, 창수의 집 거실에 적막이 감돌았다. 탁자 위에는 반쯤 비워진 캔 맥주와 찌그러진 캔이 놓여 있었다. 창수는 무심한 표정으로 소파에 깊숙이 기대어 앉아 있었고, 은지는 마주 앉은 채 심각한 표정으로 손에 맥주캔을 쥔 채 창수를 바라보았다.

"이대로 손 놓고 있을 수 없잖아."

은지 목소리는 단호했다. 말 없는 창수에게 눈썹을 찌푸리며 다시 말했다.

"어머니 고집이 쇠 떡심이야. 자기가 나서서 설득 좀 해봐. 좀 적극적으로."

창수는 헛웃음을 흘리며 고개를 저었다.

"글쎄, 쉽지 않네."

"자식 이기는 부모 없다잖아."

"그래도 계속 설득해야 해?"

창수는 말없이 맥주 한 모금을 들이켰다. 술이 목을 타고 넘는 순간, 마음 한구석이 묵직하게 내려앉았다.

"말 꺼내기도 겁나."

"어머니 마음 돌려야 해."

창수는 눈을 감고 한숨을 길게 내쉬었다.

"알았어. 이번엔 좀 더 진지하게 말씀드려볼게."

창수는 잠시 생각에 잠겼다.

"아무래도 흥신소에 의뢰해서…. 상대 남자의 신상을 조사해 봐야겠어."

은지는 고개를 끄덕이며, 빠르게 덧붙였다.

"서둘러야 해. 어떤 사람인지, 혹시 사기꾼에게 걸려서 피해를 보는 건 아닌지…. 아니면 어머니 재산을 노리고 접근한 건 아닌지."

"알았어."

창수는 마음속으론 이미 결심을 굳힌 눈빛이었다.

"오늘 안으로 흥신소에 의뢰해."

가족이라는 이름 안에 감춰진 불신과 의심이 거실 공기를 무겁게 만들었다. 창수는 헛기침 후 맥주를 삼켰다.

준호의 집 현관문이 열리고 아들 내외가 들어섰다.

"연락도 없이 어쩐 일이냐?"

준호는 놀란 표정을 지으며 일어섰다.

"아버님, 반찬 좀 싸 왔어요."

며느리 정희가 주방으로 들어가며 말했다. 아들 우빈은 준호와 함께 쇼파에 앉았다.

"아버지, 요즘, 표정이 밝아지셨어요. 좋은 일이 생기셨나 봐요."

준호는 고개를 끄덕였다.

"사실, 나 첫사랑을 만났어."

"그래요, 어떤 분인지 궁금해요."

준호 얼굴에 평온한 미소를 지었다. 이제는 혼자 사는 것보다 가족과 함께하는 것이 좋겠다고 생각했다. 가족들이 함께 앉아 있는 모습을 떠올리며 마음이 따뜻해졌다.

라미는 테이블 끝에 앉았다. 준호 아들 부부가 미리 차려둔 저녁상이 소박하고 정성스러웠다. 삶은 고기와 신선한 채소, 어느 것 하나 튀지 않았지만 정갈했다.

"편하게 드세요. 저희가 너무 갑작스럽게 초대한 건 아닌지."

정희가 라미의 눈을 마주치며 웃으려 애썼다.

"이렇게 초대해 줘서 고마워요."

라미는 말끝을 가만히 매만졌다. 우빈의 눈빛에 깊은 생각이 엿보였다. 그는 젓가락을 내려놓고 라미에게 말했다. "아버지께서 요즘, 표정이 많이 밝아지셨어요."

라미는 고개를 끄덕였다.

"솔직히 말씀드리면 처음엔 좀 복잡했어요. 그런데 아버지를 보면서 생각이 바뀌더군요."

정희가 옆에서 우빈의 손을 살며시 잡으며 말했다.

"두 분이 서로를 아끼신다는 게 느껴져요. 저희에게도 감사한 일이에요."

라미는 순간 울컥한 마음을 미소로 덮었다.

"제가 오히려 조심스러워요. 자식들에게 부담을 주는 건 아닐까 그런 생각도 들고."

우빈은 고개를 저었다.

"그런 생각 하지 마세요. 저희는 응원하고 싶어요. 두 분 모두요."

짧은 침묵이 흘렀다. 서로의 진심이 닿는 소리 없는 흐름이었다. 창밖엔 어둠이 내리고 준호는 나직하게 말했다.

"이렇게 모인 거, 참 따뜻하구나."

라미는 가족이란 피보다도 따뜻한 마음에 있다는 걸 느꼈다.
"제가 시 낭송을 준비했어요."

첫사랑 재회 환희

세월이 인생을 끌고 와
머리에 흰 설이 내려
첫사랑, 우연히 만났다.

애틋한 첫사랑 못 잊고
그리움 선물 받아
가슴에 간직한 세월이어라.

그동안 희로애락 겪어
살아온 삶 털어놓고
서로 뭉친 스트레스 풀었다.

재회는 운명인가.
서로 홀로되어

부담 없이 노후 사랑 꽃피었네.

아아,
첫사랑의 향기 되어 살아난
아름다운 할미꽃 사랑

라미의 낭송이 끝나자마자 방 안에는 따뜻한 박수가 터졌다. 준호가 두 손을 높이 들어 손뼉 치며 활짝 웃었다. 정희와 우빈도 함께 손뼉을 치며 감탄을 감추지 못했다.
"감동입니다, 어머니!"
우빈이 활짝 웃으며 말했다. 목소리엔 진심이 가득 담겨있었다.
"감동이라니…. 고마워."
라미는 수줍게 웃으며 손사래를 쳤지만, 눈가엔 기쁨이 번졌다. 라미가 자리에 앉자, 정희가 다가가 공손히 말했다.
"앞으로 어머니라고 부를게요."
"어머니라…."
라미가 중얼거리듯 말했다.
"그래, 어머니라고 불러야지."
준호가 흐뭇한 얼굴로 맞장구쳤다. 그의 눈엔 애정이 가득했다.

라미는 순간 눈가가 젖어 들었다.

"내가 그런 자격이 있나…."

우빈은 고개를 끄덕이며 힘주어 말했다.

"충분하시죠."

방 안에는 다시금 박수가 울려 퍼졌다. 감정이 울컥 차오른 라미의 눈가에 이슬이 맺혔다. 지나간 시간에 대한 아련함, 무엇보다 다시 피어난 사랑에 대한 축복의 눈물이었다. 라미 옆에 앉은 준호와 마주 보며 웃었다. 누구보다 따뜻하게, 오래 기다린 사람들처럼.

저녁 식사가 끝난 뒤 우빈과 정희는 일부러 자리를 비켜주었다.

"차 한잔 드세요. 저희는 가볼게요."

라미는 컵을 들고 거실 쪽 창가로 자리를 옮겼다. 준호가 따라왔다. 둘 사이엔 아직 건네지 않은 말이 있었다.

"아들 내외가 따뜻하네요."

라미 목소리는 조용했지만, 가슴속은 복잡했다. 준호가 창밖 어둠을 바라보며 말했다.

"우빈이도 생각이 깊어서인지 당신의 진심을 알아본 것 같아."

라미는 컵을 내려놓았다.

"사실, 올까 말까 망설였어요. 자식들이 날 불편해하면 어쩌나 싶었죠."

준호가 고개를 돌려 라미를 바라보았다.

"그게 내가 가장 미안한 부분이야."

라미는 웃었다.

"아니에요. 다만, 살아오면서 누군가의 자식, 누군가의 부모라는 틀에 스스로를 가뒀던 적이 있었어요. 이제 조금씩 놓아보려고요."

준호는 라미의 손등 위에 자기 손을 얹었다.

"나도 그래. 가족이란 이름, 나이란 숫자, 세상의 시선, 그걸 다 내려놓고 나면 결국 남는 건 이 순간뿐이더라구."

"우리에게 남은 시간, 겁내지 않고 걸어가요."

창밖엔 밤공기가 가라앉고 불빛도, 바람도, 마음도 깊고 조용하게 서로를 품었다.

라미는 현관문 비밀번호를 누르고 집 안으로 들어섰다. 양재동 60평형 아파트는 고급스러웠지만 어딘지 쓸쓸함이 감돌았다. 전 남편 민수가 사업이 잘될 때 사준 집. 그와 이혼한 뒤에도 이 집은 변함없이 그녀를 감쌌다.

거실엔 이미 아들이 와 있었다. 창수는 주말마다 들르긴 했지만 오늘은 연락도 없이 먼저 와 있었다.

"어디 갔다 와요?"

창수가 다가오며 말했다. 묘한 긴장감이 돌았다.

"저녁 초대에 다녀왔어."

라미는 겉옷을 벗으며 말하자, 창수의 표정이 순간 굳었다.

"그분요?"

"그래, 아주 따뜻했어. 아들 부부도 참 괜찮고."

"엄마, 지금 그 얘길 나한테 편하게 할 수 있다고 생각해요?"

창수 목소리가 조금 올라갔다. 라미는 멈칫하며 아들을 바라봤다. 걱정인지 불신인지 모를 감정이 얽혀있었다.

"무슨 말을 하고 싶은 거냐?"

"이 집 엄마 명의잖아요. 근데 재혼해서 혹시라도 문제가 생기면 저희는 어떻게 되겠어요?"

라미는 고개를 저었다.

"그런 일 없어."

"엄마가 알고 있는 것도 중요하지만 상대방 가족은요? 그 사람들이 진짜 엄마를 아껴서 그러는지 알 수 없잖아요. 재산 문제는."

"창수야."
라미는 아들 말을 잘랐다.
"지금 나에 대한 걱정이냐, 재산 걱정이냐."
"아버지하고 이혼하고 이 집 지켜낸 게 쉬웠어요? 난 그냥, 그걸 또 겪을까 봐 겁나는 거예요."
라미는 아들을 바라보았다. 어린 시절 창수 모습이 스쳤다. 엄마를 잃을까 봐 두려워하던 소년. 세상의 변화를 감당하기 힘들어하던 아이였다.
"넌 나를 지키고 싶은 거니, 내가 가진 걸 지키고 싶은 거니?"
창수는 말하지 못했다. 사랑은 지키고 싶은 사람을 품고자 하는 것이지만 언제나 받아들여지지 않는다는 걸 알고 있을까.

라미는 평소보다 이른 시간에 준호에게 전화를 걸었다.
"시간 좀 돼요?"
준호는 짧게 대답했다.
"당신이라면 언제든."
두 사람은 양재천을 따라 걸었다. 햇살이 물결 위에 부서졌고 산책길에 조깅하는 사람들이 간간이 스쳐 지나갔다. 한동안 말없이 걸었다. 준호가 조심스럽게 말을 꺼냈다.

"라미, 오늘은 얼굴이 어두워 보여."

고개를 숙이고 걷던 라미가 고개를 들었다.

"아들이 신경 쓰여서."

준호는 깊은숨을 내쉬었다.

"어제, 아들이 집에 왔어요."

"그래."

준호는 짧게 말했다.

"어제 저녁을 먹은 이야기를 했더니 바로 표정이 굳더라고요."

숨을 고르고 나서 말을 이었다.

"결혼하면 재산이 뺏길까 봐, 걱정되나 봐요. 내가 사는 아파트가 팔면 30억 정도 되는데 이혼한 아빠가 사준 집이라서."

준호는 발걸음을 멈췄다. 라미도 발걸음을 멈췄다.

"내가 당신 곁에 있고 싶은 마음이 누군가에게 위협처럼 느껴질 줄은 몰랐어요."

목소리는 낮았지만 떨림이 스며 있었다. 준호는 라미를 바라보았다. 햇살 속에서 그녀의 눈가에 지친 그림자가 드리워졌다.

"라미."

그의 목소리는 깊고 낮았다.

"나는 당신이 어떤 결정을 해도 이해할 거예요. 아들 말 들을 자격은 없겠지만 그 아이 측면에서 보면 불안해 보이겠지."

라미는 입술을 깨물었다.

"내가, 이 나이 먹도록 스스로 선택한 적이 몇 번이나 있었을까요? 늘 누군가를 위해 포기하고 맞추고 참으며 살았어요. 이젠 나를 위한 선택도 해보고 싶어요."

준호는 가만히 손을 내밀어 그녀의 떨리는 손을 잡았다.

"이제 누구의 허락도 받지 않아도 돼요. 나를 선택해도 좋고 안 해도 괜찮아요. 나는 당신이 스스로 결정할 수 있는 날까지 기다릴게요."

라미는 눈을 감았다. 마음 깊은 곳에 오래 묻어두었던 외로움이 그의 손길에 조금씩 녹아내렸다.

"너희들 욕심 때문에 이러는 거 아니냐?"

라미는 거실 소파에 창수 부부와 앉아 있었다.

은지는 당황한 듯 고개를 숙였다가, 조심스럽게 말을 이었다.

"우리가 어머니 재혼을 반대하는 것이 아니라 아니, 결과적으론 반대처럼 비쳤을 수도 있겠네요. 하지만, 어머니의 노후를 책임지고 싶다는 우리 마음도 조금은 헤아려주세요."

은지가 시선을 돌리자, 창수가 나섰다.

"이 사람 말이 맞아요. 저희도 자식 된 도리를 다하려는 마음뿐이어요."

"너희들 마음은 안다."

라미는 말끝을 흐렸다.

"허나, 사생활을 존중해주길 바란다."

"그 사람과 재혼하면 우린 다 잃을 수도 있어요."

창수는 말끝을 흐리며 고개를 숙였다. 라미는 놀라며 물었다.

"무슨 말인데?"

"내가 할 수 있는 건 엄마를 지키는 거예요."

"창수야 난 네 걱정을 이해해. 하지만 나도 나답게 살 권리도 있단다."

"권리라는 게 우리 가족을 위험에 빠트려도 된다는 뜻인가요? 우린 이 집에서 살아왔고 앞으로도 살아야 해요. 그 사람과 얽혀서 모든 게 흔들리는 게 싫어요."

"그 사람은 그런 사람이 아니야."

창수는 고개를 저었다. 눈빛엔 불안이 어렸다. 라미의 눈가가 뜨거워졌다.

"난 네가 이렇게까지 반대할 줄 몰랐어. 내가 너를 위해 얼마나 많은 걸 참고 견뎠는데…."

"그건 다 아는데 지금, 이 상황은 힘들어요"

창수도 눈시울이 붉어졌다.

"우리 서로 조금씩 양보하자."

"엄마와 그 사람과의 관계는…."

"그 사람도 내 인생의 일부야."

라미가 다시 말했다.

"내가 행복해지는 게 욕심으로 보이냐?"

창수 목소리가 거칠게 울려 퍼졌다.

"엄마, 제발 정신 좀 차려요."

라미의 심장이 쿵쿵 뛰었다.

"그만해."

"우리 가족 다 무너진다니까요. 이 집, 재산, 다요."

"내가 너 때문에 숨 막혀 먼저 죽겠다."

라미가 소리쳤다.

"난 항상 가족 때문에 포기했어."

라미는 눈물을 쏟으며 말했다. 옆집에서 왔는지 현관문 두

드리는 소리가 들렸다.
"그 사람 한번 만나볼게요."
깊은 침묵 속에 말하지 못한 상처와 사랑이 뒤섞였다.

집으로 돌아온 창수는 은지와 날카로운 눈빛을 거두지 않았다.
"진짜 몰라서 그러는 거야?"
은지는 손가락을 탁탁 튕기며 경고하듯 말했다. 창수는 한숨을 쉬었다.
"은지야, 엄마 마음도 생각해 줘. 우리가 막을 수 없는 감정이 있어."
은지는 코웃음을 치며 무심한 듯 말했다.
"감정? 그게 먹히는 시대는 지났어. 자기는 너무 순진해."
"너무 이기적으로 굴지 마."
창수가 은지에게 경고했다.
"엄마를 사랑하는 마음은 그게 아니야."
은지는 비아냥거리는 미소를 지으며 대꾸했다.
"그럼 뭘 원하는 건데?"
창수는 눈을 내리깔며 말했다.
"난 엄마가 상처받지 않길 바랄 뿐이야."

"그렇다면 어머니 마음도 이해해 줘야겠네."
은지는 손사래를 치며 다시 말했다.
"어머니에게 문제 생기면 우리 책임이니까."

 창수는 손에 쥔 스마트폰을 만지며 골목길을 살폈다. 주먹을 쥐었다가 폈다를 반복하며 도착한 곳은 준호의 화실이 있는 낡은 단독 주택이었다. 대문 앞에 선 창수는 주위를 둘러보다가 힘주어 노크했다.
"똑똑."
몇 초의 정적 후 안에서 문이 열렸다. 준호가 얼굴을 내밀었다.
"누구시죠?"
"저는 정라미씨 아들 이창수라고 합니다."
 창수는 처음 보는 준호를 똑바로 바라보았다. 준호의 표정에 놀람이 스쳤지만 당황하지 않았다.
"아…. 어머니한테 얘기 많이 들었어요."
 테이블을 사이에 두고 앉은 창수는 주저하지 않고 말했다.
"엄마의 첫사랑으로 알고 있어요. 다시 만나신다고 하셔서요."
 준호가 고개를 끄덕였다.

"엄마는 상처받은 적이 많아요. 그래서 제가 지켜야 한다고 생각해요. 하지만 엄마가 행복하다면 그게 정말 맞는 길이라면 저도 이해하려고 노력할게요."

준호는 창수의 말을 듣고 진심 어린 눈으로 말했다.

"저도 한때 누군가의 남편이었어요. 결혼 생활이 그렇게 녹록하진 않았죠. 아내는 예민했고 저는 둔감했고, 서로를 파고들지 못하고 도망치지도 못하고 30년을 보냈어요. 과거의 상처를 다시 반복하지 않으려고 조심스러워요."

창수의 눈썹이 미세하게 떨렸다.

"엄마의 삶에 따뜻한 계절이 오길 바랍니다."

창수는 문을 나서며 뒤를 돌아봤다.

"엄마가 다치지 않게 해주세요. 그게 제 진심입니다."

짧지만 무거운 한마디가 골목 안에 퍼졌다. 준호는 컵을 들어 차를 한 모금 마셨다.

며칠 뒤 화실에서 라미는 걱정 가득한 눈으로 준호를 바라보았다.

"창수가 무례했죠?"

"아니요, 오히려 진지했고 똑똑한 친구더군요. 내가 어떤 결혼 생활을 했는지 그 아이에게 말했어요. 나를 믿게 할 수 있는 건 숨기는 것이 아니라 드러내는 거로 생각해요."

"고마워요. 자식들이 우리를 이해하게 되길 바라요."

준호는 책상 위에 놓인 지 오래된 액자를 손끝으로 쓸었다. 사진 속에 앉은 다섯 명의 누나와 그들 사이에 해맑게 웃고 있는 어린 시절 자신이 있었다.

"다섯 누나가 다 엄마 같았어요. 어릴 땐 잔소리도, 챙김도 넘칠 만큼 받았고요."

그의 이야기가 계속되었다.

"결혼하고 나서 달라졌다고 할까. 몰랐던 것을 알았다고 할까. 어머니가 돌아가신 후에 누나들이 내 아내를 가족이 아니라 들인 사람처럼 대했어요."

그의 목소리에 쓴웃음이 섞였다.

"아내는 조용한 사람이었어요. 아내의 조용함이 나중엔 절망처럼 느껴지더군요."

라미의 가슴 한가운데가 서늘해졌다. 말 없는 고통이 더 깊다는 걸 여자로서 와닿았다.

"주말이면 누나들이 들이닥쳤어요. 반찬에 뭐 넣었는지, 손님상 차리는 방법과 아이 옷 입히는 것까지. 어떤 날은 아내가 내 앞에서 고개를 못 들더라고요. 난 뭘 어쩌지도 못하고 그냥 서 있었어요."

그는 말하며 고개를 떨궜다. 그때의 무력감이 여전히 괴롭히듯이.

"그래서 혼자서 살려고 했던 건가요?"

라미가 말했다.

"혼자 산 지 오래됐어요. 가족이란 이름 아래 누구도 내 깊은 마음은 모르더군요."

가족 안에서 생겨난 소외감 때문일까. 늦은 밤, 바람 소리가 유난히 거셌다.

"많은 시누이 속에서 힘들었겠어요."

"결혼 전엔 따뜻한 울타리라고 생각했는데 그 울타리는 가시 담장이었어요. 나를 찌르는."

"담장이요?"

"아내는 담장 안에서 늘 검사받는 사람이었어요. 밥은 잘 됐는지 아이는 왜 울었는지, 어머니 제사상은 왜 저렇게 차려놓았는지."

라미의 손끝이 가늘게 떨렸다.

"언젠가 아내가 말하더군요. '당신이 나 좀 지켜줘.' 난 그 말을 외면했어요. 누나들이 뭘 크게 잘못했냐고 오히려 소리만 쳤어요."

그의 목소리가 점점 낮아졌다.

"결국 아내는 내 곁을 영원히 떠났어요."

침묵이 흘렀다. 라미는 속으로 삼킨 말이 가슴을 찌르듯 눌렀다.

"우빈이가 감기 걸렸을 때 다섯째 누나가 와서 잔소리하더군요."

한 장의 오래된 사진처럼 박제된 기억이 되살아나듯 말했다.

"그날 밤 아내가 아이를 안고 나갔어요. 집으로 돌아온 건 일주일 후였죠. 그때 깨달았어요. 이 사람이 집에서 숨을 못 쉬고 있다는 것을."

"당신도 숨을 못 쉬었던 것 아니에요?"

"그랬지. 그런데 나보다 먼저 아내가 쓰러졌어요."

준호는 한동안 말이 없었다.

"결정적으로 아내가 쓰러진 설날."

오래된 슬라이드 필름을 들춰보는 듯 멍하니 허공을 응시했다.

"누나들이 모두 모였고 손님까지 있었는데 아내가 갈비찜을 데우다가 아이가 울자 안고 있을 때 잠깐 사이 국물이 넘쳐흘렀고 그때 셋째 누나가 소리쳤어요. '야, 며느리 어디 갔어?' 누나 말이 끝나기 무섭게 아내는 부엌에서 접시 하나를 들고 나오더니 식탁에 내리쳤어요. 깨진 접시 파편이 바닥에 흩어지며 난리가 났지요. 조용하던 아내가 눈물을 쏟으며 고함을 질렀어요."

그가 말을 멈추고 숨을 들이마셨다. 빛바랜 상흔처럼 그의 눈동자 안에 고스란히 남아 있었다.

"내가 사람 취급도 못 받는 이 집에선 밥하고 청소하는 사람일 뿐이구나. 소리치던 아내의 말이 생생해요."

준호는 손을 움켜쥐었다. 부끄러움과 후회가 밀려와서인지 그의 손가락이 저렸다.

"그때 난 누나들 앞에서 아내 편 한번 못 들어 줬어요."

라미가 조심스레 물었다.

"그 후엔요?"

"그 후로 아내는 더 이상 나를 찾지 않았어요. 같은 집에 있어도 결국 우린 서로를 잃었죠."

라미의 눈길은 테이블 위 아무것도 없는 자리에 머물렀다가 불현듯 생각난 듯 말했다.

"혹시, 기억나요? 옛날에 결혼 정보업체에서 전화 받은 적 있어요."

준호는 당황스러운 얼굴로 라미를 봤다.

"기억나죠. 등록한 적 있으니까."

"사무실에서 내가 받았어요. 그 전화."

준호가 눈을 크게 떴다.

"정말요?"

"당신을 찾더군요. 그때 난 심장이 내려앉는 것 같았어요. 그때 내 마음이 한창 흔들리고 있었는데 당신은 나를 생각하지 않나 보다 하고 상처받았었죠."

준호는 고개를 숙였다. 손끝이 부들부들 떨리더니 라미의 손을 잡았다.

"그랬군요. 그건 정말 몰랐어요. 그 전화가 당신 귀에 들어갔을 줄은."

침묵이 흘렀다. 라미가 천천히 말을 이었다.

"지금 생각하면 웃겨요. 그날 내가 당신한테 솔직하게 말했더라면."

"아니요. 그때 내가 말해야 했어요. 당신을 잊으려 애쓰는 척하던 내가 누구보다 당신을 기다리고 있었다는 것을요."

준호의 눈빛엔 미안함보다 간절함이 담겨있었다.

"준호씨."

정색하고 라미가 말했다.

"나도 말 못 한 게 있어요."

그녀의 눈동자가 조금 흔들렸다.

"결혼정보업체에서 온 전화 때문만은 아니었어요."

"…."

"우리 엄마, 내가 선택하는 사람마다 깎아내리고 견디지 못하게 만들고."

준호는 고개를 끄덕였다.

"엄마에게 당신의 존재를 안 보여주고 싶었어요."

떨리는 목소리로 계속 이었다.

"그래서, 먼저 도망쳤어요. 당신을 지키고 싶어서. 내가 밀어낸 거예요. 그러면 당신을 보호하는 거로 생각했어요."

준호는 말없이 그녀를 바라보았다. 그녀의 고백이 그의 가슴 속을 흔들었다.

"그게 더 잔인했다는 걸 이제야 알겠어요."

라미의 눈에 눈물이 뺨을 따라 흘러내렸다. 그것은 후회의 눈물이 아니라 이제야 말할 수 있는 해방감이었다. 말없이 자리에서 일어난 준호가 라미 곁으로 다가오더니 눈물을 손등으로 닦아주었다.

"당신은 날 도망친 게 아니라 감싸안은 거였네. 그런데 나는 그걸 지금까지 까맣게 몰랐어."

"엄마는 제가 결혼한 게 늘 불안했던 사람이에요."

준호가 고개를 살짝 기울였다. 라미는 나지막한 목소리로 오래된 감기를 앓듯 말하기 시작했다.

"남편하고 결혼한 것도 엄마 말을 어긴 결과였어요. 엄마가 믿는 천신이며 명신이 상극을 이루고 물이니 불이니 뭐 그런 소리를 했어요."

그때로 돌아간 듯 라미는 숨을 고르며 덧붙였다.

"결혼하고 얼마 지나지 않았을 때 엄마는 몰래 우리 집에 들어와 향을 피우고 부적을 붙여놓고 베개 밑에 돌멩이를 넣어두고 내가 그걸 치우면 말다툼이 일어나고요. 남편은 기가 눌리고 질리는 모습이었죠. 그런 일이 처음엔 웃기기도 했어요. 그렇게 매주, 매달, 이어졌고 그때마다 남편은 엄마한테 벗어나지 못한 나를 점점 피했어요."

"당신을 지켜 주지 않았군요."

라미는 고개를 끄덕였다.

"가끔은요, 내가 이혼한 게 남편 때문이 아니라 엄마한테서 벗어나기 위한 탈출이기도 했어요."

"엄마가 딸을 그렇게까지…."

"엄마는 사랑한 거예요. 자기 방식으로. 그 사랑이 너무 가혹하고 비현실적이고 이기적이었죠. 옆에 있는 가족들이 질식하도록."

서로의 과거를 마주 본 순간 두 사람 사이에 말보다 더 깊은 이해가 흘렀다.
"그래도 다 지나왔어요. 지금은 당신 얘기를 들을 수 있을 만큼 단단해졌어요."

카페 한쪽 구석 오후 햇살이 유리창을 타고 흘렀다. 준호는 말없이 따뜻한 아메리카노를 앞에 두고 있었다. 라미가 먼저 도착하고 잠시 후 창수가 무표정한 얼굴로 들어왔다.
"안녕하세요."
인사는 형식적이었고 눈빛엔 얼음같이 차가움이 서려 있었다.
"와줘서 고맙네."
대답하지 않는 창수 옆자리에서 라미는 눈치를 살폈다.
"내 나이 예순이 넘었지만, 누군가의 아버지가 되는 건 언제나 조심스러워."
그는 웃었지만 웃음 뒤에 쓸쓸함이 섞여 있었다.
"내가 이기적으로 보일 수도 있겠지. 하지만 나, 이 사람한테서 삶을 다시 배우고 있어."
창수의 눈썹이 살짝 움직였다.
"배운다고요?"
"그래."

준호는 창수와 눈을 마주쳤다.

"사랑은 젊을 때만 가능한 게 아니더군. 함께 걷고 싶은 시간이 짧다는 걸 깨닫고 나니 하루하루가 선물 같아."

창수는 숨을 크게 들이마셨다.

"그런데 어머니가 가진 것을 혹시라도."

"재산이 걱정되겠지."

준호가 창수의 말을 자르며 말했다.

"그건 미리 말해둘게. 난 네 엄마에게 경제적인 책임을 묻지 않을 거야. 법적으로도 인간적으로도. 그저 옆에 있고 싶을 뿐이야."

창수의 눈동자가 준호의 얼굴을 찬찬히 훑었다.

"왜 하필 우리 엄마였어요?"

목소리는 낮고 숨어있던 마음이 새어 나왔다.

"왜냐고 묻는다면 난, 이렇게 대답할 수밖에 없네."

그는 단호하게 말했다.

"이 사람은 나를 살게 했으니까. 내 시간을 다시 빛나게 해줬고 내 하루를 기다리게 해줬어."

창수는 입술을 꾹 다물었다. 어린 시절 아버지에게 한 번도 듣지 못했던 말이 가슴을 후벼팠다.

"그렇게 말하는 사람이 앞에 있군요."

창수는 고개를 끄덕였다.

"나는 네 어머니를 진심으로 존중하고 지킬 거야. 그게 내 남은 생의 약속이야."

그 순간 창수는 커피를 한 모금 마셨다. 쓴맛 속에 오묘하게 따뜻하고 달콤한 맛을 느꼈다. 라미는 웃으며 아들의 등을 살며시 감싸안았다. 세 사람 사이에 봄 햇살 같은 기류가 흘렀다.

5장 사랑의 선택

사랑은 선택이 아니라, 용기의 또 다른 이름이었다

5장 사랑의 선택

 창수가 먼저 일어난 후 준호와 둘이 남았을 때 라미는 말없이 창밖으로 시선을 돌렸다. 창밖에 어스름이 내려앉고 유리창에 비친 라미의 얼굴이 점점 흐려졌다. 커피는 식은 지 오래고 둘 사이에 말 한마디 없이 시간이 흘렀다. 잔잔한 음악조차 둘의 침묵을 덮지 못했다.

 서로에게 벅차도록 반가웠던 눈길은 조심스러운 눈길로 다가왔다. 라미는 고개를 숙이고 손끝으로 종이 냅킨의 끝을 접고 펴고, 접고 펴고를 반복했다.

 "라미씨."

 준호가 조심스레 말을 걸었다. 그의 목소리는 낮았지만, 눈빛은 맑았다. 라미는 두 손을 모은 채 시선을 내리고 입술을 깨물듯 말 듯 하며 말했다.

"우리, 여기서 멈출까요?"

그 순간 준호의 눈빛이 흔들렸다. 그는 무언가 말하려 했지만, 라미는 고개를 저였다.

"당신 만나서 행복했어요. 이제 어떻게 해야 할지 모르겠어요."

라미의 눈은 붉어 있었지만, 눈물은 흐르지 않았다. 다시 말을 잇지 못하고 창밖으로 시선을 돌렸다. 두 사람 사이에 침묵이 흘렀다. 준호는 눈을 감았다가 떴다.

"나, 당신 마음 다 느끼고 있어요."

라미는 준호의 따뜻함에 기대고 싶지 않았다.

"당신이 참 좋아요."

"나도 그때처럼 두근거리고 바보같이 웃고."

두 사람은 잠깐 말을 멈췄다. 입안에 맴도는 말을 꺼내는 데 시간이 필요했다. 준호가 라미를 바라보며 말했다.

"창수 때문이에요?"

말은 했지만, 눈동자 속에 금방이라도 눈물이 맺힐 듯 그의 마음 깊은 곳에서 무너지는 소리가 들리는 듯했다. 숨죽인 침묵이 무겁게 내려앉았다.

"아니에요."

잠시 뜸 들인 뒤 자기를 설득하듯 말을 이었다.

"자식들이 뭐라 하든 눈치 보지 않기로 마음먹었을 때 난 정말 당신과 함께하고 싶었어요. 그런데 나의 행복이 어느 순간 죄책감으로 느껴질 것 같아서."

"죄책감?"

그가 되물었다.

"나만 행복해도 되는 걸까. 당신한테 또 상처를 주는 건 아닐까. 한 번쯤 생각해 보고 싶어요."

떨리는 손끝을 테이블 위로 올려놓는 준호를 뒤로하고 라미가 먼저 일어났다.

"엄마가 그 사람과 행복할 수 있을까?"

카페를 나온 창수는 걸음을 멈추고 하늘을 올려보았다. 밤하늘은 흐렸고 별은 보이지 않았다. 어릴 적 자신과 엄마의 고단한 뒷모습이 스쳐 지나갔다.

"엄마는 지금껏 나만 보고 살아왔지. 이제야 엄마가 자기 얼굴을 갖는 건가."

중얼거리며 몇 걸음을 떼었지만 다리가 무거워서 오래도록 가만히 서 있었다. 걱정이 완전히 사라진 건 아니었지만 배려로 바뀌고 있다는 걸 어렴풋이 느꼈다. 그리고 천천히 발걸음을 옮겼다. 무엇인가를 받아들일 준비를 시작한 사람처럼.

전철역 계단을 오르며 생각했다. '우린 늘 안전한 미래를 위해 돈과 집, 등기부만 바라보고 그것이 우리를 지켜 줄 줄 알았는데.' 창수는 엄마 얼굴을 떠올렸다. 피아노 앞에 앉은 엄마, 웃음보다 평화로웠던 모습.

'엄마는 지금 뭘 믿고 살아갈까.' 그의 손, 안에 있던 안정이 무너지는 걸까. 혼란 속에서 창수는 처음으로 생각했다.

"나는 엄마에게 너무 계산기만 들이댔던 건 아닐까."

아버지의 빈자리에 대한 분노가 엄마에게 표출되면서 힘들게 했다는 생각이 들자, 창수는 고개를 숙였다. 엄마의 행복을 누가 책임질 수 있을까 하는 혼란이 파고들었다.

카페에서 나온 준호는 무거운 발걸음을 옮겼다. 모든 감정이 말라붙은 듯 가슴이 아렸다. 얼마나 지났을까. 그의 휴대폰이 울렸다.

"아버님, 어디세요?"

창수의 목소리가 생각보다 부드러웠다.

"그냥 좀 걷고 싶어서."

"제가 모시러 갈게요."

"아니다. 너도 힘들지?"

창수는 대답하지 않았다.

"조금 전 어머니하고 헤어졌다."
"네?"
준호는 숨을 몰아쉬었다.
"지금 좀 더 신중하지 않으면 나중에 더 아플 것 같구나. 자식들 눈치 안 본다지만 결국은 이렇게 흔들리잖니. 너한테 미안하구나."
"…."
"사람이 나이 들어서 누군가를 사랑하게 되면 더 조심스럽구나. 곁에 있어 줬으면 좋겠다는 말도 젊을 때보다 열 배는 어려워."
그 말에 창수는 말했다.
"저도 생각 많았어요. 처음엔 그냥 화만 났고 반대부터 했는데 오늘 아버님 뵙고 나니까 생각이 많아졌어요."
준호는 예상하지 못한 말에 얼굴이 밝아졌다.

집으로 돌아온 라미는 소파에 앉아서 눈을 감았다. 집안 공기가 적막으로 둘러싸일 때 초인종 소리가 울렸다. 라미는 무거운 몸을 일으켜 현관문을 열었다.
"어쩐 일이냐?"
의외라는 표정으로 바라보았다.

"잠깐, 얘기 좀 나누려고요."
창수는 고개를 숙였다가 조심스럽게 눈을 마주쳤다.
"엄마한테 심했어요. 말도 함부로 했고요."
라미는 아무 말도 하지 않고 눈을 감았다.
"오늘 아버님이 진솔하게 얘기하는 모습을 보니 생각이 바뀌더라고요. 엄마도 상처가 많은데 이제 행복해지셔야죠."
그 말에 라미는 눈을 떴다.
"엄마가 행복해하는 얼굴이 좋아요."

피아노 앞에 앉은 라미는 그동안 쌓였던 감정을 곡에 담았다. 마음속 질문이 명확해졌다. 며칠 전 준호와 나눈 대화가 마음속을 맴돌았다.
"그래, 당신이 원한다면 우리 이제 조용히 돌아봐요."
준호 목소리는 진지했다. 창수와의 갈등이 앞으로 어떤 길을 가야 할지 생각하게 했다. 서로 기댈 수 있을 거로 생각했는데….
몇 주 후 라미는 피아노 독주회를 준비했다. 이번 독주회는 그녀에게 특별한 의미가 있었다. 그녀는 더 이상 누군가를 위해 연주하는 것이 아니었다. 자신의 음악을 이야기로 풀어내고 싶었다.

공연이 끝난 후 많은 사람들이 다가와 박수를 보내주었지만, 누구보다 자신에게 고맙다고 생각했다. 외로움이나 상처에서 벗어나 자신만의 길을 걷고 싶었다.

한편, 준호는 창수와의 갈등으로 라미와 고립되었지만, 자신을 돌보며 살아가기로 마음먹었다. 그는 이제 더 이상 누구에게 기대지 않기로 했다. 그동안 누군가를 위해 살아온 삶이었지만 이제는 자아를 찾는 시간이 필요했다. 라미와 다시 마주쳤을 때 온전히 자신의 길을 가고 있는 모습일 것이다. 두 사람은 서로의 삶을 존중하며 살아가기로 했다.

정희는 조심스러운 얼굴로 우빈을 바라보았다.
"왜 한숨?"
"아버지 재혼이 쉽지 않을 것 같아서."
"라미 어머니 자식들이 반대해서?"
"음…. 어머니가 재혼에 적극적이지 않은 이유를 알 것 같아."
"만약에 재혼이 안 되면 아버님 상심이 클 것 같아."
"그러게, 상심이 클 거야."
"이기심 때문에 어머님 아들이 재혼을 반대하고 있는 건 아니야?"

정희 목소리는 단호했다. 우빈은 침묵하다가 말했다.
"그런지도 모르지. 엄마를 뺏긴다는 어리광 같은 걸까. 아니면 불안감."
정희는 고개를 끄덕이며 맞장구쳤다.
"사람 마음은 참 묘해. 자신도 알기 힘든 자기방어가 숨어있어."
"부모 자식이라도 독립적으로 존중하며 살아가야 하는데… 결국엔 내 욕심과 이기심이야."
"내가 만나볼까?"
"그게 좋겠어."
"아버님 집에 가자."
저녁 햇살이 퍼질 때 준호의 화실 문이 열리며 아들 부부가 들어왔다.
"아버지, 오래 고민하지 마세요."
젊고 활기찬 목소리에 준호가 고개를 들었다.
"아버님, 사람을 오래 그린다는 건 사랑이에요. 어머님 놓치지 마세요."
정희가 말했다.
"그래도 걱정이다. 내가, 이 나이에 다시 시작하는 게 맞을지 모르겠어."

준호가 조심스럽게 말했다.

"라미 어머니 아드님, 마음은 이해해요. 자식으로선 낯선 어른이 자기 부모 인생에 들어오는 게 불편하니까요. 하지만 그런 불안함이 영원히 가는 건 아니잖아요."

"그래요. 아버님, 어머니와 다시 만난 건 운명일 수 있고 그게 아버지 삶의 또 다른 시작일 수 있죠."

정희 말에 준호는 눈을 감고 한숨을 쉬었다.

"가족들 걱정도 크고 나 역시 불안해."

"그래서 더 솔직해야 해요."

우빈은 진지하게 말했다.

"아버지가 행복해야 가족도 행복해집니다. 그리고 제가 보기엔 라미 어머니 아드님도 아버지를 아끼고 계세요."

준호는 얼굴에 미소가 번졌다.

"다시 한번 용기를 내볼까?"

"아버지, 새로운 시작을 응원할게요."

따뜻한 눈빛이 오고 갈 때 화실 문이 열렸다. 준호가 초대한 창수가 서 있었다.

"어서 오게."

준호는 일어나 반겼다. 우빈은 창수에게 다가가 말했다.

"반가워요. 저는 아들 우빈이라고 합니다."

"네에. 반가워요."

화실 옆 북카페에 차가운 아이스 아메리카노를 앞에 두고 두 아들이 마주했다. 그리고 서로를 관찰하듯 눈을 맞췄다.

"솔직히 말할게요. 저희 엄마가 평생 모은 집도 그렇고 지금이 평온한 생활이 무너질까 봐 두렵습니다."

창수가 우빈에게 말했다.

"이해해요. 저도 처음엔 아버지가 누굴 다시 만난다는 게 낯설었거든요. 하지만 한 가지는 확신해요. 누군가를 진심으로 아끼는 마음은 나이하고 상관없다는 거요."

"하지만 엄마가 또 아프면 누가 책임져야 하나요? 감정적으로도 현실적으로도요."

"그렇죠. 그런데 책임을 피하려고 사랑을 피하는 건 너무 슬프지 않나요?"

"그래서 더 조심하고 싶은 거예요. 우리 부모들이 우리보다 더 상처받기 쉬운 나이니까요."

"그래서 우리가 도와줘야죠. 막는 게 아니라 지켜보면서 도와주는 거요. 지금 두 분은 단지 늦은 타이밍에 다시 만난 거예요."

창수가 말이 없자 우빈이 나직하게 말했다.

"사실, 저도 어색하긴 해요. 부모님이 새로운 시작을 생각하지 않았다면 이런 자리는 없었겠죠. 저도 아직 아이도 없고 가족의 의미를 잘 모르겠어요. 그런데 아버지와 창수씨 어머니를 보니 가족은 따뜻한 사람과 함께 하는 거라는 걸, 어느 순간 깨달았어요."

창수는 눈을 내리깔며 한숨을 쉬었다.

"엄마는 저의 울타리가 되어주셔야 안심했어요. 그래야 세상이 무너지지 않을 것 같았거든요."

"서로에게 짐이 되는 가족도 있고 서로를 지탱해 주는 타인도 있잖아요. 우리 부모님은 후자인 것 같아요."

창수는 우빈을 정면으로 바라보았다.

"생각보다 얘기가 잘 통하네요."

"우리가 서로 잘 몰라서 문제가 되는 거지, 이렇게 얘기해 보면 적은 아니잖아요."

그들 사이에 마음속 오래 묵은 경계가 조금씩 풀어졌다. 어느 사이 옆에 와 있던 준호는 말없이 두 사람을 바라보며 미소 지었다.

"아직은 완전히 받아들일 수 없지만 이해하려고는 해볼게요. 엄마가 행복하다면요."

"그 말이면 충분해요. 우리도 천천히 친해져요. 어쩌면 가족이 될지도 모르니까요."

서로 어색하게 웃었다. 다른 마음과 환경, 다른 눈빛이지만 따뜻함이 교차하는 순간이었다.

북카페를 나선 창수는 한참 동안 걸었다. 늦은 밤, 가로등 불빛이 아스라이 그림자 되어 따라왔다. 두 손을 바지 주머니에 찔러 넣고 고개를 숙인 채 걸음을 옮겼다. 우빈의 말이 귓가에 맴돌았다.

"도와준다고? 어떻게 도와…."

말끝이 흐려졌다. 마음 깊은 곳에서 울컥 올라오는 무언가가 있었다. 서운함과 두려움, 그리고 서서히 밀려오는 이해하는 마음이었다.

라미와 준호는 서로를 놓아주기로 결심했지만, 자식들은 다시 만나기를 바라는 마음이 컸다. 우빈과 창수는 연락을 주고받으며 부모의 재회를 위해 나서기로 결심했다.

며칠 후 서로의 부모님에게 전화를 걸어 약속을 잡았다. 작은 음악회에 초대받은 라미와 준호는 음악회가 시작되기 전에 말을 건넸다.

"이렇게 다시 만날 수 있어서 좋다."

라미는 미소를 지었다. 예전의 감정을 되돌려 놓는 것처럼. 창수와 우빈은 멀리서 그 모습을 지켜보고 있었다. 두 사람이 다시 마주하게 된 것만으로도 뿌듯했다.
 두 사람은 함께 길을 걸으며 둘 사이의 간격도 좁아졌다.
"준호씨, 그동안 보고 싶어 힘들었지요?"
 준호는 고개를 끄덕였다.
 "이렇게 다시 만나서 기뻐요."
 라미는 미소를 지으며 다시 말했다.
 "우리가 각자의 길을 가려고 생각했지만, 오늘 다시 보니 그런 결정이 아니라는 걸 알았어요."
 두 사람은 그동안의 고통과 미안함을 이해했다.
 "우리는 여전히 서로에게 중요한 존재라고 생각해요."
 "그래, 아직 늦지 않았어."
 한 걸음씩 다가가서 다시 한번 서로의 삶에 발을 내디뎠다.

 화실에서 준호가 붓을 들고 그림을 그릴 때 라미가 문을 열고 들어오자, 준호가 고개를 들었다.
 "늦었죠?"
 라미가 웃으며 물었다. 준호는 장난스러운 미소로 말했다.
 "그대가 싸 오는 집밥 못 먹은 지 꽤 됐어. 집밥이 그립네."
 라미는 웃음을 터뜨렸다.
 "집밥 먹고 싶으면 결혼식부터 올려야겠는데요?"

준호는 크게 웃음을 터뜨렸다.
"듣던 중 반가운 말씀이네. 하하하!"
라미는 잠시 눈을 마주치고, 조용히 속삭였다.
"날 받아주시겠어요?"
"대환영이죠, 하하하."
준호는 라미의 손을 잡았다.
"고마워요. 정말 행복해요."
"이제 우린 행복 시작이에요."
"호호."
라미와 준호는 매일 만났다. 함께 걷고 대화하는 시간이 소중했다.

며칠 뒤 흐린 오후 창수는 퇴근 후 부동산 중개소 앞에서 전화를 받고 있었다. 그의 목소리는 점점 가라앉고 이마에는 진땀이 맺혔다.
"예? 등기부등본이 위조됐다고요?"
"이미 다른 사람 명의로 근저당 설정이 되어 있어요."
"그게 무슨 그럼, 우리 집은요?"
전화를 끊은 뒤, 창수는 멍하니 서 있었다. 아파트 전세 계약을 마친 지 석 달도 안됐다. 이사하며 은지와 미래를 설계

했는데 한순간 무너졌다. 부동산 유리문에 비친 그의 얼굴은 창백했다. 가방을 손에 든 채 한참을 움직이지 못했다. 그리고 어딘가에 전화를 걸었다.

"우리 집에 문제가 생겼어."

전화기 너머 날카로운 반응에 창수의 표정이 굳었다.

"어떻게 이런 일이. 꼼꼼히 확인했는데 왜."

창수는 우두커니 주저앉았다. 계약서를 쥔 손이 떨리고 입안이 바짝 말랐다. 부동산 중개인이 괜찮은 집이라며 보증금도 저렴하고 좋은 조건이라며 내민 종이에 도장을 찍은 지 불과 두 달 만이었다.

중개인은 연락이 끊겼고 건물주는 사기 혐의로 구속되었으며 등기부등본엔 이미 여러 번 근저당이 설정된 상태였다.

"아, 이럴 수가."

중얼거리며 허탈하게 웃었다. 부동산 계약은 은지가 적극적으로 밀어붙인 거였다. 전셋값이 시세보다 저렴했기에 반가운 마음에 대충 확인했다. '이럴 줄 알았으면…' 창수는 무겁게 눈을 감았다.

"내가 전세 계약한 집이 사기당한 거 같아."

라미는 믿을 수 없었다. 어떻게 그런 일이 일어날 수 있겠냐고 놀랐다. 아들 목소리에서 느껴지는 불안과 고통은 점점 더 커졌다.

중개인에게 소개받은 집을 계약할 때 처음에는 괜찮아 보였고 집주인도 신뢰할 만한 사람처럼 느껴졌다고 했다. 집주인과 연락이 끊어지고 나서 그 집이 법적으로 문제 있는 집이었다는 사실을 알게 되었다고 말했다.

"이 집은 이미 다른 사람에게 팔고 집주인이 잠적해 버렸어. 전세금을 돌려받을 수 없을지도 모르겠어."

라미는 가슴이 답답했다. 자식에게 닥친 불행은 너무나 아픈 일이었다. 그날 밤 아들과 함께 경찰서로 갔다. 전세 사기를 당한 피해자는 여러 명이었다. 집주인이 남긴 문서는 모두 허위로 만들어졌다는 사실이 밝혀졌다. 다행히 전세금을 완전히 돌려받지는 못했지만, 일부라도 반환될 수 있는 나름의 해결책을 찾았다.

며칠 후 잠도 제대로 못 잔 은지가 현관문을 열자, 우체국 직원이 등기를 내밀었다.

"법원에서 등기왔습니다. 사인 좀 해주세요."

"법원 등기요?"

사인을 하고 등기 봉투를 받아 열자, 이번 달 30일까지 집을 비우라는 통고장이 들어 있었다.

"큰일 났네."
은지가 말했다.
"집주인 놈을 찾아야 하는데."
인상을 찌그리며 창수가 말했다.
"쫓겨나면 우리 어디로 가?"
"엄마 집으로 갈 수밖에."
"어머니 집으로?"
"어쩔 수 없지. 기댈 곳은 거기뿐이야."
"어머니가 받아줄까?"
"철판 깔고 들어가는 거지."

며칠 후 이삿짐센터 차가 라미의 집 앞에 섰다. 엄마가 아버지와 이혼한 후 혼자 살아오던 집, 창수는 수없이 싸우고 멀어졌던 기억이 있는 집에 다시 발을 들이게 될 줄 몰랐다. 새하얀 대리석 바닥과 조용한 공간에 세련된 가구와 그림으로 채웠다. 은지는 발끝을 모으고 말했다.

"죄송해요. 어머니, 갑자기 이렇게 폐 끼쳐서."
"일부러 그런 것이 아니잖아."

덤덤한 라미의 눈빛이었다. 은지는 방으로 들어가고 창수는 혼잣말처럼 중얼거렸다.

"죄송해요."

"오늘 갈치조림 했어. 밥이나 먹어라."

그날 밤, 창수와 은지는 나란히 누워서 속삭였다.

"여기 오래 있으면 나중에 너무 눈치 보일 것 같아."

"지금 상황에서 다른 선택지가 없잖아."

"그건 알아. 근데 어머니한테 내가 불편한 사람 같아."

"그런 거 아니야."

은지는 계산이 빠르고 재산이나 상속, 부동산 이야기를 거리낌 없이 꺼냈다.

"어머니가 재혼하면 이 집은 우리 차지가 되나?"

"자기가 바라는 대로 이 집은 우리 집이 되는 것이지."

"하늘이 무너져도 솟아날 구멍이 있다더니 우리가 자연스럽게 이 집을 손쉽게 차지하다니."

"어차피 이 집은 우리 재산인데 뭘."

"무슨 말씀, 우리가 이 집에 들어오지 않고 어머니가 재혼하셨다면 얘기가 달라."

"허기야, 자기 말 맞다."

다음 날 은지는 배를 깎아 라미에게 조심스럽게 내밀었다.

"배 깎는 거 배웠니?"

고개를 끄덕이며 배를 받아 든 라미는 미소 지었다.

"어머니처럼 얇게는 못 깎아도 연습 좀 했어요."

"잘했네."

잠시 후 라미가 은지를 불렀다.

"살면서…. 사는 게 이렇게 복잡하다는 걸 알면 좀 마음이 편해져. 뭔가 잘하려고 애쓰면 오히려 그게 잘 안 풀리고."

"네, 어머니."

은지는 머뭇거리다가 말했다.

"저도 요즘 그런 생각 해요. 잘 살려고만 하니까 망가지더라고요."

라미는 거실 식탁에 앉아 귤을 까먹으며 소곤대는 창수와 은지를 바라봤다. 말끝마다 끼어드는 은지 목소리는 약간 높았고 창수는 고개를 끄덕이며 받아쳤다.

'참, 은지는 욕심도 많고 표현도 강한데 창수는 저걸 다 받아주는구나.' 라미가 가장 껄끄러워했던 거였다. 그렇지만 창수는 한 번도 은지의 말에 반기를 들지 않았다.

라미는 속으로 생각했다 '나는 그렇게 한 팀이 된 적이 있었던가?' 기억 속 전 남편 민수는 문제가 생기면 제삼자인 척했고 엄마 문제든, 자식 문제든 중간에 낀 사람처럼 행동했다.

은지가 준호를 '재산을 노리는 사람'이라며 경계할 때 창수가 편을 든 걸 떠올렸다. 아들 부부의 단단함이 애정의 결과는 아닐지라도 현실적 각성에서 비롯된 것임을 깨달았다.

 손해 보기 싫고 가정을 지켜야 한다는 생존 본능이 뚜렷한 은지가 창수에겐 안정감을 주었나. 얄밉지만 둘은 한편이었다. 라미는 부러움마저 들었다.

 저녁 무렵 거실은 조용했지만 서로 다른 생각의 긴장감으로 가득했다. 창수와 은지는 소파에 앉아 핸드폰을 들여다보다가 재산 분할 얘기로 말을 나눴다.

 "요즘엔 부모 재혼할 때 상속 계획도 미리 정리해 둬야 해."

 창수가 고개를 끄덕이며 말했다.

 "당연하지. 그냥 넘어갔다간 나중에 골치아파."

 식탁 끝에 앉아 차를 마시던 라미는 거슬리듯 눈을 내리깔았다. '동맹 같은 부부의 일체감. 나는 한 번도 저렇게 누군가와 확고히 한 팀이었던 적이 있던가.'

 방으로 들어온 라미는 전화를 걸어 준호에게 아들 부부 이야기를 전했다. 준호는 결혼 생활 내내 중간에만 서 있던 기억이 떠올라 쓸쓸하게 웃었다.

 "그 아이들도 자기 살길 찾는 거겠죠."

 "은지는 좀 날카롭지만, 창수하고 손발이 맞는 것 같아요. 난 그렇게 한 번도 못 해 봤거든요."

 "그럼, 우리 지금이라도 같은 편이 되어볼까?"

어느새 눈가에 물기가 맺힌 눈으로 라미가 말했다.
"내가 먼저 해볼게요. 당신 편."
소파에선 여전히 젊은 부부가 목소리를 높였다.

주말 오후 준호의 제안으로 라미의 집에서 식사 모임이 있었다.
"다들 모여서 밥이나 한 끼 먹자고."
창수와 은지도 준비를 도왔다. 식탁에는 가지런히 차려진 음식과 정성껏 만든 샐러드와 라미가 직접 한우를 굽는 동안 창수는 맥주캔을 냉장고에 옮겼다.
잠시 후 현관문이 열리고 준호와 그의 아들 부부가 들어섰다. 깔끔한 차림에 정중하고 밝은 미소를 띠었다. 네 사람은 밝게 인사를 주고받았다.
"어머니, 오랜만이에요."
"그래, 어서 오너라."
평온한 분위기 속에 은지와 정희는 처음 만났다. 어색했지만 조용히 숟가락을 움직이며 대화를 조금씩 나눴다.
"저는 아버님 며느리 정희입니다."
"저는 어머니 며느리 은지입니다."
식사가 끝난 후 며느리들끼리 창가 쪽으로 따로 앉았다. 은지가 먼저 물었다.
"두 분 재혼이 확실하신 건가요? 저흰 아직 솔직히 혼란스러워서요."
"이해해요. 저희도 처음엔 많이 놀랐어요. 하지만 부모님이 서로 웃는 걸 보니까 마음이 놓이더라고요."
"우리 어머니가 혼자 오래 살아서. 괜히 감정적으로 걱정하게 되더라고요."
"저희 아버님도 그래요. 어머니 돌아가시고 나선 사람 소리도 잘 안 듣고. 근데 어머님 만나고는 많이 달라지셨어요."
"네."
"아이는 아직 없으시죠?"
"네, 저희도 아직 없어요."
잠시 말이 없던 정희는 조용히 입을 열었다.
"3년째 기다리고 있어요. 병원도 다녔는데 특별한 원인은 없대요. 그냥 운이라네요."
은지가 말했다.
"의사 말 다 믿을 필요 없어요."
그때 라미가 다가오며 말했다.
"나도 창수 낳기 전에 애가 안 생겨서 병원 몇 군데 다녔어. 나중에는 그냥 마음 놨는데 그때 생기더라."

은지가 놀란 눈으로 라미를 보았다. 그런 이야기를 꺼낸 건 처음이었다.

"어머니도 그런 시기가 있으셨어요?"

"그래, 너무 걱정하지 마."

라미는 차를 따라주며 덧붙였다.

"그러니까, 너무 너희들 잘못처럼 생각하지 마. 인생은 생각보다 자기 뜻대로 안 굴러가도 어떻게든 돌아서 온단다."

그 말에 정희의 눈가가 붉어졌다. 은지도 라미쪽으로 몸을 기울였다. 그 순간은 며느리와 시어머니가 아닌 것 같았다.

"어머님하고 이야기하니 마음이 좀 풀리네요. 나도 누군가에게 이해받고 있으니 마음이 놓여요."

라미가 정희의 손을 꼭 잡아주었다.

"고마워, 그렇게 느껴줘서."

6장 자녀들의 선물

우리의 사랑은 끝이 아니라, 새로운 이야기를 위한 시작이었다

6장 자녀들의 선물

 한적한 카페의 조용한 곳에 창수 은지, 우빈 정희 네 사람이 마주 앉았다. 모두의 표정엔 진지함과 설렘이 어우러졌다. 창수가 먼저 말했다.
 "오늘 이렇게 뵙게 된 건 다름 아니라 우리 부모님 결혼식 이제 진짜 준비해야 하지 않겠어요?"
 "그러게요. 라미 어머니는 괜찮다고 하시지만 많이 설레실 것 같아요."
 창수 말에 정희가 덧붙여 말하고 은지는 맞장구쳤다.
 "그러니까요. 어머니가 그러셨어요. '이 나이에 웬 결혼식이냐, 하시면서도 드레스는 꼭 입어 보고 싶다고 하셨어요."
 "우리 아버지도 말은 안 하지만 요즘 이상하게 양복 사이트를 자꾸 들여다보시더라고요. 괜히 그러는 거 아니죠?"

모두 웃었다. 순간, 긴장이 스르르 풀리는 듯했다.

"그럼, 본격적으로 정해봅시다. 장소는 어디가 좋을까요? 부모님 두 분이 조용한 걸 좋아하니까 야외 정원 같은 데도 괜찮을 것 같고."

"저도 그렇게 생각했어요. 한적하고 자연스러운 분위기, 인원이 많지 않으니까 작지만 아늑한 공간이면 좋겠어요."

"우리 동네에 예쁜 정원 갤러리가 있어요. 결혼식도 소규모로 할 수 있데요. 거기 어때요?"

"사진도 잘 나올 것 같고, 라미 어머님이 꽃을 좋아하시니까 딱이예요."

"좋아, 그럼, 장소는 거기로 예약하기로 하고 사회는?"

"형이 하시죠. 형이 차분하고 또박또박 말 잘하니까."

창수가 말했다.

"내가? 그래, 나도 그럴 줄 알았다."

다들 웃었다. 우빈이 다시 말을 이었다.

"책임지고 감동적으로 진행해 볼게."

"그럼, 저희는 케이크랑 꽃장식 쪽으로 알아볼게요. 웨딩플래너까지는 필요없고 우리 손으로 준비해 드리는 게 더 의미 있잖아요."

"나, 웨딩 촬영 스냅 작가 아는 분 있어요. 분위기 너무 좋게 잘 찍어요. 두 분 촬영도 준비하면 좋겠죠?"

은지가 말했다.

"오, 잘 됐다. 형, 그럼, 예복 맞추는 건?"

"그건 내가 아버지랑 직접 가보지 뭐. 어머니 드레스는 은지, 정희 둘이 함께 가주면 더 좋겠다."

"좋아요."

잠시 테이블 위로 따뜻한 침묵이 흘렀다. 사랑이란 첫사랑만이 아니라 다시 만난 인연에도 꽃필 수 있다는 걸 실감했다.

"그럼, 두 분의 새로운 출발을 위해 우리도 하나 되어 준비해 봅시다. 가족이니까."

"좋아. 건배."

카페 창밖으로 봄기운이 살랑였고 네 사람은 부모님을 위한 두 번째 첫날을 함께 준비해 가는 한 가족이 되었다.

늦봄의 햇살은 부드럽고 따뜻했다. 연둣빛으로 물든 정원과 작은 꽃들이 바람에 나풀거리는 소박한 예식장은 그 자체로 사랑의 축복이었다.

사랑의 끝이 아닌 시작을 증명하는 준호와 라미의 결혼식 날이었다. 결혼식은 소박했지만, 진심이 넘쳤다. 전통 한옥 기와집 외관을 닮은 한식 식당. 궁중요리로 정갈하게 차려진 상을 앞에 두고, 식구들이 한자리에 둘러앉았다.

 잔잔한 음악이 흐르는 가운데 가족과 가까운 친구들만 초대한 자리. 먼저 입장한 준호는 말끔한 정장에 짙은 감정을 눌러 담은 눈으로 문 쪽을 바라보았다.

 라미가 천천히 걸어 나왔다. 아이보리 원피스와 작은 베일 그리고 손에 쥔 연분홍 꽃다발. 눈에는 눈물이 고였지만 입가엔 미소가 번졌다. 두 사람은 나란히 섰다.

 우빈과 창수가 하객들 앞으로 나와 짧은 인사를 건넸다.

 "어릴 땐 부모가 우리를 이끌었지만, 이제는 저희가 두 분의 새로운 시작을 응원합니다. 어머니, 아버지, 두 분의 삶이 늘 평안하시길 바랍니다."

 창수가 이어받았다.

 "두 분 사랑을 보며 저희도 배웁니다. 용기와 기다림, 진심으로 두 분 존경합니다."

 청중 속에서 훌쩍이는 소리가 났다. 두 사람이 준비한 서약서를 꺼냈다. 라미가 먼저 읽었다.

 "당신을 다시 만나게 되어 감사합니다. 남은 삶 동안, 함께 늙어가고 함께 웃고 싶습니다. 당신과 함께라면 매 순간이 꽃이겠지요."

 준호가 이어받았다.

"라미, 당신을 놓쳤던 날부터 오늘까지 긴 겨울이었습니다. 이제야 봄이 왔고 나는 그 속에서 다시 살아갑니다. 당신의 손을 잡을 수 있어 감사합니다."

두 사람의 손이 포개졌고 잔잔한 박수가 울려 퍼졌다. 꽃잎이 흩날리는 가운데 두 사람은 천천히 퇴장했다. 정원을 함께 걷는 발걸음에는 지난 세월의 무게와 앞으로의 따스한 희망이 겹쳤다.

결혼식이 끝난 저녁 가족들이 모인 자리에서 라미는 나지막이 말했다.

"이제야 비로소 어른이 된 것 같아요."

준호는 잔을 들어 올리며 웃었다.

"아이를 기다리는 할머니, 할아버지가 된 신혼부부 괜찮지?"

한바탕 웃음이 쏟아진 후 다시 말을 이었다.

"이제 양가가 모두 한 식구가 되었으니, 오늘, 이 뜻깊은 자리를 기념하며 앞으로도 우애 깊은 소통이 이어지길 바랍니다."

박수가 터졌다. 라미는 살며시 눈물을 훔치며 웃었다.

"재혼을 축하받는 자리를 마련해준 우빈, 창수 부부에게 고맙고, 감사해용."

모두가 '용용용~ 하하하' 하고 따라 웃었다. 창수가 조심스레 입을 열었다.

"그동안 어머니를 뺏긴다는 마음이 들어 반대했지만, 이제는 새 아버지를 얻는 기쁨으로 맞이하게 되어…. 정말 행복합니다."

준호는 뭉클한 마음을 감추지 않았다.

"나도 자식과 며느리가 이렇게 한 식구가 되어주니 무한히 든든하고, 행복하네. 창수야, 며느리야."

은지가 또렷하게 대답했다.

"네, 아버님."

정희도 조용히 덧붙였다.

"어머니…."

식당 안에는 웃음꽃이 활짝 피었다. 웃음과 축복이 그리고 눈물이 섞인 날 두 사람의 '처음'이자 '다시' 만나는 날이었다.

결혼식이 끝나고 며칠 뒤 준호와 라미는 마주 앉았다.

"그날 대기실에서 그런 일이 있었군요."

준호는 조심스레 말을 꺼냈다.

"말할 수가 없었어. 상처가 될까 봐."

"아녜요. 나도 이상했어요. 당신 눈빛이 이상하게 더 빛이 나 보였거든요."

"그것은 결심이었어."

라미는 웃었다. 그리고 천천히 말했다.

"이젠 나도 알아요."

준호가 말했다.

"나는 당신만 사랑합니다."

준호 말에 라미는 짧게 숨을 고른 뒤 말했다.

"이제는 음모도, 그림자도 없이 서로를 마주 보는 사이가 되기를."

뒤 벽면에 같은 프레임 속 한 장의 사진이 걸려 있었다. 사진 속 두 사람은 서로의 눈을 바라보며 웃었다.

결혼을 앞두고 야외 촬영이 있는 날, 준호는 턱시도 차림이었고 라미는 연한 크림색 드레스를 입고 바람에 머리카락을 흩날리며 서 있었다.

두 사람 앞에서 카메라를 든 여자는 익숙한 얼굴이었다. 사진 촬영을 알아보기로 했던 은지가 눈앞에 작가를 소개했다.

"어머니, 아버님, 여기 사진 작가님이세요. 제 친구 웨딩사진을 너무 감각적으로 잘 찍어주셨어요."

라미는 심장이 쿵 내려앉았다.

"혹시, 선영씨?"

선영은 화장기 짙은 얼굴로 고개를 들었다.
"준호씨?"
"선영?"
"오랜만이네."
머리를 하나로 묶고 예전의 화사하고 세련미 없는 마른 표정만 남은 선영이었다.
"사진 찍으며 살아요."
선영이 쓴웃음을 지었다. 준호는 나무 아래에 서 있고 라미는 조심스럽게 다가갔다.
찰칵, 찰칵.
렌즈 너머에서 선영이 낮게 말했다.
"준호씨는 여전히 말 안 듣네."
말투와 목소리는 여전했다. 촬영이 끝나고 돌아서려는 찰나 선영은 사진을 넘겨주며 말했다.
"이건 테스트샷이에요. 근데 참 재밌네요. 두 사람 사이에 미묘한 거리감이 찍히네."
라미는 아무 말도 하지 않았다. 사진 속 두 사람의 어깨 사이 틈은 의도적으로 편집한 것처럼 보였다. 사진은 다 흔들리고 제대로 찍히지 않았다.
그날 밤 라미는 사진을 꺼내 몇 번이고 들여다봤다. 그리고 혼잣말을 뱉었다.
"우린 가까워진 줄 알았는데."
그날 이후 준호는 라미의 말수가 줄어든 것을 느꼈다. 결혼식이 다가오는데 라미는 말이 없었다.
"혹시 그 사람이 무슨 말 했어요?"
"아니, 기분이 이상해서요."

하객들이 삼삼오오 앉아 있던 날 사진작가로 등장한 선영은 준호와 라미의 드레스 핏을 조율하는 척 다가와 라미의 귀에 대고 속삭였다.
"지금 이 드레스 어울린다고 생각해요?"
라미의 속은 얼어붙었다. 사진 촬영 중에도 선영은 일부러 준호와 라미 사이 간격을 벌려 세우거나 '자연스럽게, 서로 좀, 어색하네.'라고 지시했다.
"준호씨 이 결혼 진심이야?"
준호는 선영을 향해 단호한 목소리를 냈다.
"그래요. 진심입니다."
예식장 신랑 대기실에서 준호는 긴장한 듯 손을 떨며 넥타이를 매만졌다. 그리고 나서 신부대기실로 들어가려는 순간 하이힐 소리가 급하게 나더니 문이 열리며 익숙한 목소리가 들렸다.

"준호씨."

고개를 돌린 준호 앞에 선영이 서 있었다. 카메라 스트랩을 멘 그녀의 얼굴엔 지난 시간이 남긴 피곤함과 아련함이 어렸다.

"촬영 준비 끝났어. 라미씨는 드레스 리허설 중이야."

준호는 말없이 다시 넥타이를 만지작거렸다.

"이 결혼 진심이야?"

준호는 고개를 들어 선영을 똑바로 바라봤다.

"무슨 말이지?"

"라미씨랑."

선영은 그를 마주 바라보다가 웃음을 터뜨렸다.

"나 웃기지? 당신 뒤치다꺼리만 몇 년 했는데 결국 드레스 입는 건 그 여자야?"

"뒤치다꺼리하라고 부탁한 적 없어."

선영은 일그러지는 얼굴로 목소리를 높였다.

"그래, 당신은 항상 그래. 나 혼자 의지하게 만들고, 그러고선 그런 적 없다고 해버려!"

준호는 한걸음 뒤로 물러서며 단호하게 말했다.

"그런 적 없었어. 너와 나 그런 사이 아니야."

선영은 눈가에 눈물이 맺히고 있음을 알았다. 준호에게 다가가 그의 셔츠 자락을 움켜잡았다.

"라미씨는 당신 몰라. 당신이 어떤 사람인지 내가 더 잘 알아."

눈가에 화장이 번져서 얼룩진 얼굴로 말했다. 준호는 그녀의 손을 밀치며 말했다.

"너야말로 나를 잘 몰라. 넌 내가 바보인 줄로만 알고 있어."

"뭐가 어째?"

"난 바보 아냐. 난 한 사람만 사랑할 줄 아는 사람이야."

한걸음 물러난 선영의 손이 허공에서 떨렸다. 준호가 거침없이 말했다.

"옛날에 나한테 전해 준 편지 그거 네가 만든 음모라는 거, 다 알아."

눈이 소복이 쌓였던 1993년 겨울, 전날 내린 눈이 길가를 덮었다.

"이거 라미씨가 전해달래."

선영은 외투 주머니에서 접힌 봉투 하나를 꺼냈다. 준호는 놀라며 받아 들었다.

"라미씨가?"

"그 여자. 꽤 담담하더라. 편지로 정리하고 싶다면서 준호씨한테 직접 주기 싫다고 하던데."
 반신반의한 표정으로 준호는 봉투를 열었다.

 준호씨.
 나는 확신이 없어요. 당신이 나에게 짐처럼 느껴져요.
 우리, 여기서 멈춰요.
 당신을 원망하지는 않아요.
 나 자신을 위해 결정을 내렸어요.
 잘 지내요.
 라미.

 편지를 읽은 준호는 시선을 떨구었다. 그녀답지 않은 글씨체와 문장이 편지로 마무리된 이별이었다. 하지만 선영이 가져온 편지를 믿을 수밖에 없었다.
 "그래, 결국 이렇게 되는구나."
 선영은 준호를 바라보다가 말을 꺼냈다.
 "잘했어. 어차피 그 여자하고는 안 맞아."
 턱시도 차림의 준호가 소리쳤다.
 "어떻게 그럴 수가 있어? 내 인생 망쳐놓고도 모자라서 또 뭐가 있어?"

날카로운 음성이 울려 퍼지자, 하객들이 대기실로 들어왔다. 선영은 입술을 깨물며 혼잣말처럼 중얼거리며 대기실을 나갔다.
"내가 이런 꼴 보려고 사진 배웠나."
예식장을 빠져나온 선영은 비상계단에 털썩 주저앉았다.
"내가 졌네."
온몸을 부들부들 떨면서 중얼거렸다.

밤이 깊었다. 창밖으로 여름비가 내리고 창문을 타고 흐르는 빗소리에 마음까지 청량하게 씻기는 듯했다. 준호는 하루를 마감하며 무거운 눈꺼풀을 감았다.
온통 하얀 안개가 자욱한 들판 어디선가 은은하게 퍼지는 복숭아 꽃향기에 취했다. 한참을 걷자 커다란 연못이 눈앞에 펼쳐졌다. 물은 수정처럼 맑았고 수면 위에는 연분홍빛 연꽃들이 피어 있었다.
그 순간, 연못 한가운데서 빛나는 물방울 하나가 솟구쳤다. 그것은 서서히 부풀며 구슬처럼 둥글게 떠올랐다. 그 안에는 조그마한 아기가 눈을 감고 고요히 숨을 쉬었다.
놀란 준호가 다가서자 빛나는 구슬이 천천히 갈라지며 아기가 두 명으로 나뉘었다. 한 명은 손에 복숭아꽃을 들고 있었고 다른 한 명은 연꽃잎을 타고 하늘로 천천히 떠올랐다.
"할아버지."
그 말에 준호의 가슴이 뭉클해져 아무 말도 못 했다. 마치 오랜 시간 기다려온 약속이 이루어지는 듯한 벅찬 감정이 밀려왔다.
눈을 떴을 때 창밖으로 빗소리가 들렸고 가슴 한가운데에 아직도 복숭아꽃 향이 코끝을 찌르는 듯했다.
"두 아이라, 복숭아꽃과 연꽃."
중얼거리며 고개를 저었다. 그리고 라미에게 말했다.
"이상한 꿈을 꿨어요. 아주 선명한."
"무슨 꿈인데요?"
"연못이 나왔어요. 물이 아주 맑았고 연꽃이 피어 있었어요. 거기서 빛나는 구슬 같은 게 떠올랐는데 그 안에 아기들이 있었어요. 하나는 복숭아꽃을 들고, 하나는 연꽃잎을 타고 하늘로 올라갔어요. 며칠 전 꾸었던 꿈은 푸른 용이 구름을 가르고 하늘로 솟아오르더니 갑자기 등 뒤에서 새 한 마리가 날아와 내 품에 안겼어요."
라미는 숨을 들이마시며 그의 말을 가만히 듣다가 눈동자가 커졌다.
"아하, 태몽 같아요."

"태몽이라고요?"

준호도 고개를 끄덕였다.

"누굴까, 창수네일까. 우빈이네일까. 아니면 둘 다?"

"난 꿈을 잘 꾸지 않는데 며칠 연속으로 꾸다니. 나도 그렇게 느꼈어요. 이상하리만큼 생생했고 따뜻했어요. 두 아이였어요."

"두 아이요? 혹시?"

준호는 미소를 지었다.

"쌍둥이일까? 창수네하고 우빈이네 둘 다 기쁜 소식이 올 것 같아요."

그 말에 라미의 눈가가 촉촉해졌다.

"그럼, 우리 정말로 할머니 할아버지가 되는 거네요."

"우리 사랑이 이렇게 또 다른 사랑으로 이어지나 봐요."

1년 후 라미는 일기장을 열었다.

〈그는 아기 침대 조립하러 아들네 집에 갔고 나는 집에 혼자 남았다. 한가한 날엔 괜히 오래된 생각이 창문처럼 열린다. 서랍 깊숙이 넣어두었던 일기장을 꺼내어 이렇게 글을 쓰는 것도 오랜만이다.

나는 다시 신부가 되리라고는 믿기지 않았다. 거울 앞에 서서 베일을 고를 때도 웨딩드레스를 입고 꽃을 들었을 때도 누군가의 꿈속을 걷는 기분이었다.

그 사람을 다시 만났을 때 내가 '여자'로 '사랑받을 사람'으로 다시 눈을 뜰 줄은 몰랐다. 젊은 시절 뜨거운 감정은 사라졌지만 조용하고 깊은 무언가가 생겼다.

준호는 내게 말했다.

"겨울 끝에 피는 봄꽃은 더 귀하다고."

나는 그 말을 믿기로 했다.

요즘은 창수와 우빈이가 함께 어울리는 모습을 보면 '가족'이란 꼭 피로만 이어지는 것은 아니란 걸 느낀다. 어떤 인연은 시간이 흐른 뒤에야 맞춰지는 퍼즐처럼 서로 이해할 준비가 되었을 때 비로소 하나가 되기도 하니까.

손주가 태어난다는 소식은 세상 어떤 선물보다 따뜻하다. 태몽에서 만난 작은 아기들, 예쁜 새와 복숭아꽃을 든 아이, 연꽃잎을 타고 떠오르던 아이. 이제 그 아기들이 곧 이 세상에 온다니. 난 그저 고맙고 고맙다.

살면서 많은 것을 잃었다고 생각했는데 지금 보니 많은 것을 기다리고 있었나 보다. 나는 지금 두 번째 봄을 살고 있다. 이번엔 놓치지 않으려고 한다. 사랑도, 나 자신도 그리고 우리

모두의 행복도.〉

  이른 새벽 병원 복도는 잔잔한 긴장감으로 가득했다. 창밖에는 어둠이 가시지 않았고 긴장한 숨소리만 공기 사이로 스며들었다.
  준호는 병원 의자에 앉아 두 손을 깍지 낀 채 무언가를 되뇌었다. 옆에 앉은 라미의 손끝은 떨렸다. 한참을 기다리던 중 정희 이름이 불렸다.
  "보호자님 계셔요?"
  긴장된 얼굴로 간호사를 따라나섰다.
  "곧 아기가 나올 거예요."
  라미는 두 손을 모아 입가에 가져다 댔다. 얼마간의 시간이 흘렀을까. 아기 울음소리가 터졌다.
  "우앙."
  기다리던 사람들 모두 숨을 멈추었다. 간호사가 문을 열고 말했다.
  "쌍둥이 중 첫 번째 아들입니다. 건강하게 태어났어요."
  "복이 왔네."
  준호가 중얼거렸고 라미는 고개를 끄덕였다. 그리고 얼마 지나지 않아 또 한 번 울음소리가 들렸다.

"아앙."

"딸이에요. 정말 예뻐요."

두 사람은 마주 보며 웃었다. 복이와 연이. 태몽의 두 아이가 마침내 세상에 태어났다. 병실 안 아기 침대 옆에서 준호는 복이를 조심스레 품에 안았다. 작은 몸, 따뜻한 체온, 생명의 무게가 어깨에 닿는 순간 가슴 깊은 곳에서 말없이 울컥하는 감정이 치솟았다.

라미는 연이를 바라보며 조용히 중얼거렸다.

"정말 연꽃 같아. 맑고 고와."

"아기들이 세상에 와줘서 내가 더 젊어진 것 같아."

"우리 둘이 사랑해서 태어난 건 아니지만 이 아이들이 우리 사랑의 증인이 되어줬어요."

손주는 가족이라는 뿌리 위에 핀 새로운 생명의 꽃으로 존재하고 준호와 라미는 손주 꽃을 바라보며 인생의 사계를 살아가게 될 것이다.

햇살이 내려앉은 손주 백일 날, 준호와 라미의 집안은 오랜만에 활기로 가득했다. 친구들, 친지들, 가족들까지 모두 한자리에 모여 손주의 백일을 축하하기 위해 모였다.

"저출산 시대에 우리 집에 큰 경사가 났습니다!"

준호가 마이크를 잡고 유쾌하게 외쳤다.

"아이들의 백일을 축하하며, 이렇게 함께 자리해 주셔서 더없이 기쁘고 행복합니다."

모두가 환한 웃음과 함께 박수를 보냈다. 정희, 우빈, 창수, 은지, 네 사람이 손주 한 명씩 품에 안고 백일 케이크 앞에 섰다. 밝은 촛불 앞에서 서로의 눈빛이 마주쳤다. 삶은 여전히 복잡하지만, 이 순간만큼은 평화롭고 따스했다.

그때, 라미가 피아노 앞에 앉아 노래를 시작했다. 잔잔한 멜로디 위로, 따뜻한 음성이 백일행사장을 물들였다.

왜 못 잊고 그리워 하나

여름 가네. 가을이 와
황금물결 일렁일렁
코스모스 물결
그대와 꽃길 걸으며
사랑을 속삭이며
미래를 약속했죠.

우린 짜릿하게 밤새워

아름다운 사랑을 나누었다.
사랑은 영원하리라 믿었건만
말없이 떠나버린 그대라오.
잊지 못해 가슴에
사랑의 추억만 남긴
야속한 사랑아.

떠나게 된 사연을 남기고
떠나면 아쉽지 않을
그대 떠난 가슴엔
상처만 남긴 사랑
그리워 아쉬움 남기고
떠난 사랑 미련 잊지 못해
그 사랑 그리워라, 그리워라

"마음 나누어요, 외로움 나누어요, 즐거움 가슴에 담아요.
행복을 담아요, 마음을 나누면 즐겁고 행복해집니다…."

사람들의 눈가가 촉촉해졌다.
노래가 끝나갈 무렵, 라미는 다시 피아노 건반 위에 손을 얹었다.

소중한 시간

나 그대의 향기 안 꽃이 되고 싶어
영원히 사랑받고서 살고 싶구나
늘 변하지 않는 푸른 청춘처럼 살아가고 싶구나
사랑 나누리라 인생 최고 즐거움
행복 황홀경에 빠져, 빠져
사랑 꽃 피고 싶어라
한 번밖에 없는 인생
소중한 시간을 허투루 써 후회하리
즐거움 행복한 사랑 황홀경에 빠져 꽃피우리

"세월이 머리에 설이 내려오도록 끌고 왔지요. 첫사랑, 우연히 다시 만나 가슴에 품고 살아온 날들…."

노부부가 된 준호와 라미가 서로를 바라보았다. 고단한 인생길을 지나, 다시 손을 맞잡은 이 순간이야말로 진짜 '꽃길'이었다. 잔치의 마지막, 모두가 손뼉을 치며 환하게 웃었다.

박수 소리 위로, 라미의 마지막 노래가 울려 퍼졌다.
 "한 번밖에 없는 인생 여행길, 사랑 나누고 마음 나누고, 이성 친구와 손잡고 꽃길 걸어요….״
 음악은 점점 고조되고, 환호와 웃음 속에 잔치는 마무리 됐다.

 햇살 좋은 늦봄의 공원 들판에 핀 민들레 씨앗이 바람에 실려 날리고 벚꽃잎은 이미 다 졌지만 푸른 잎사귀들이 생명을 가득 안고 있었다.
 라미는 돗자리 위에 도시락을 꺼내며 말했다.
 "여섯 명이 아홉 명으로 되다니 실감이 안나요."
 준호는 유모차를 천천히 밀며 대답했다.
 "이 아이들이 우리의 봄을 다시 데려왔지. 난 이 계절을 여섯 번째 계절이라고 부르고 싶어."
 우빈과 정희는 복이와 연이를 안고 있었고 창수와 은지는 지수를 유모차에 눕힌 채 조심스럽게 그늘을 만들고 있었다.
 "지수는 이제 눈도 마주쳐요."
 창수가 말하자 라미는 고개를 끄덕이며 지수의 볼을 살짝 어루만졌다. 소풍 나들이는 특별한 계획이 없었다. 김밥과 과일, 라미가 직접 담근 매실차와 웃음, 그리고 웃음, 또 웃음이었다.

창수는 블루투스 스피커로 잔잔한 클래식 음악을 틀었고 우빈은 복이를 안고 천천히 흔들며 춤을 추었다.

"복이야, 너의 첫 춤이야. 아빠랑 추는 거야."

정희는 그 모습을 휴대폰에 담았다.

"이 장면을 그림으로 그리면 좋겠어요."

라미가 말하자 준호가 답했다.

"우린 이 장면 안에서 살아 있잖아."

복이와, 연이, 지수가 번갈아 울기 시작하고 아기의 울음소리는 즐거운 음악 같았다. 사람이라는 긴 시간 속에 피어난 작은 음표들처럼.

모두 함께 사진을 찍었다.

"하나둘, 셋, 치즈!"

찰칵! 사진 속 모두가 웃었다. 흰머리 섞인 미소와 젖먹이 아기와 무엇보다 다시 이어진 인연의 결실이 반짝였다.

"사랑은 끝나지 않아, 때로는 먼 길을 돌아와, 더 깊어지지."

라미는 매일 아침 그날 찍은 사진을 바라보며 중얼거렸다.

벚꽃이 흐드러진 봄날 마당 가운데 놓인 평상에 라미는 연분홍 치마저고리를 입고 앉아 있었다. 이 자리는 그녀가 좋아하는 곳이었다.

따뜻한 오후 햇살이 내려앉고 바람은 가만히 귓불을 간지럽혔다. 세월이 흐른 만큼 그녀의 머리칼은 희끗희끗해졌지만, 여전히 젊은 날의 열정과 사랑의 기억이 남아 있었다.

초등학교에 갓 들어간 손자와 손녀는 과일을 한입씩 베어 물며 귀를 쫑긋 세우고 라미 옆에 옹기종기 모여 앉았다. 손자와 손녀는 번갈아 가며 할머니에게 질문했다.

"할머니, 할아버지랑은 어떻게 만났어?"

라미는 질문을 듣고 미소를 지었다. 이야기를 꺼내는 게 처음은 아니지만, 아이들이 이야기를 어떻게 들을지 몰랐다. 한참 동안 아이들을 바라보다가 조용히 말했다.

"응, 그건 아주 오래된 이야기야. 네 아빠보다 훨씬 더 젊은 시절, 나는 할아버지를 사랑했지만 결국 헤어졌단다."

"예에? 그럼, 할아버지하고 헤어졌다가 다시 만나서 결혼한 거예요?"

라미는 잠시 생각에 잠기더니 고개를 끄덕였다. 그때의 기억이 마치 현실처럼 생생히 떠올랐다. 하지만 시간이 흘러 이제는 더 이상 아프지 않았다. 오히려 모든 순간이 그녀를 이루는 한 부분이 되어 있었다.

"그렇지, 그때는 많은 이유가 있었어. 사람들은 자기만의 길을 가야 할 때가 있고 그때 할아버지도 나도 각자의 삶을 살았어. 여러 해가 지나서 우리는 다시 마주쳤지. 서로의 삶이 완전히 달라졌지만, 할아버지를 다시 만났을 때 너무나 그리웠단다."

"다시 만났을 때 어땠어요?"

벚나무 가지 사이로 금빛 햇살이 흩어져 떨어지고 그 빛에 라미의 얼굴이 부드럽게 비쳤다.

"그때 우리는 이미 서로에게 너무 오래 멀리 있었지만, 다시 만나면 사랑할 수 있을까? 라고 말했지. 나도 너무나 궁금했어. 우리가 다시 만난 이유가 무엇인지 우리가 함께할 수 있을지. 하지만 결국 다시 시작하자는 말이 나왔지."

손주들은 조용히 듣고 있었다. 잠시 후 손자는 손녀의 팔꿈치를 살짝 쳤다.

"그럼, 할머니는 할아버지를 언제부터 사랑했어요?"

다시 라미는 과거의 시절로 돌아갔다.

"할아버지를 다시 만났을 때 정말로 시간이 멈춘 듯한 기분이었고 또 한편으로는 너무나도 당연한 일처럼 그때만큼 가슴이 뛰었던 순간은 없었단다."

라미의 이야기는 계속 되었다.

"사실 처음 만났을 때부터 사랑했던 것 같아. 할아버지를 볼 때마다 마음이 설렜고 그 사람과 함께라면 어떤 어려운 일이 있어도 괜찮을 것 같았어. 하지만 진정한 사랑은 정말 오래도록 기다려야 했단다."

"그럼, 그다음에는요?"

라미는 손주들에게 웃으며 말했다.

"그다음에는 또 많은 일이 있었단다. 우리가 다시 만났다고 해서 바로 행복하게 사는 건 아니었어. 둘 다 각자의 삶이 있었고 내가 결혼해야 할 이유도 있었고 할아버지도 그랬어. 그러나 우리 둘은 많은 갈등을 겪었지. 하지만 결국 서로의 마음을 다시 찾은 거야."

"와, 정말 영화 같아요!"

라미는 아이들의 순수한 반응에 미소를 지으며 다시 그때의 기억을 더듬었다. 그녀의 목소리는 조용하고 차분했지만, 끊임없이 흐르는 사랑의 감정이 있었다.

"그러니까 우리가 결국 다시 만난 이유는 서로가 너무 오랜 시간 동안 그리워했기 때문이지. 우리가 서로를 놓지 않았고 다시 만나면 함께 할 수 있다고 믿었기에 가능한 일이었어."

그때 준호가 마당에 나와 라미 옆에 앉았다. 그의 얼굴에 따뜻한 미소가 번지며 손주들을 쓰다듬었다. 라미는 준호를 바라보며 말없이 웃었다. 그리고 손주들이 뛰어노는 마당을 보며 속으로 속삭였다.

"이 모든 일이…. 우리에게 주어진 선물일 거야. 이제 너희의 이야기를 이어갈 차례란다."

아이들은 마당을 뛰어다니며 즐겁게 웃고, 웃음소리는 점점 더 커졌다. 라미는 준호의 손을 잡고 웃었다. 준호를 다시 만난 순간, 모든 것이 새로이 시작되었고 사랑은 이어졌다.

손주들이 자라면서 사랑 이야기도 이어질 것이다. 언젠가는 할머니처럼 사랑을 이야기하고 첫사랑의 의미를 알게 되는 것처럼.

사랑의 이야기는 이어질 것이다.